사 과 수 레

사 과 수 레

ⓒ 버나드 쇼, 2026

초판 1쇄 발행 2026년 2월 12일

지은이   버나드 쇼
옮긴이   이원경
펴낸이   이기봉
편집   좋은땅 편집팀
펴낸곳   도서출판 좋은땅
주소   서울특별시 마포구 양화로12길 26 지월드빌딩 (서교동 395-7)
전화   02)374-8616~7
팩스   02)374-8614
이메일   gworldbook@naver.com
홈페이지   www.g-world.co.kr

ISBN   979-11-388-5402-3 (03840)

사 과 수 레

파격 정치풍자극

The Apple Cart
A Political Extravaganza

Bernard Shaw

버나드 쇼 지음

이원경 옮김

좋은땅

옮긴이 서문

영국 왕 마그누스는 어느 날 오전, 궁으로 찾아온 총리와 내각 장관들을 맞이한다. 이들은 왕에게 거부권을 사용하지 말고 국민을 상대로 연설하지도 말라고 요구한다. 이 요구를 받아들이지 않으면 내각이 총사퇴하겠다는 최후통첩까지 내민다. 허수아비 왕 노릇이 하기 싫은 왕은 장관들과 설전 끝에 저녁까지 답하겠다고 말한다. 오후에 왕은 정부 오린시아의 방을 찾는다. 잠시 머리를 식히러 왔다가 사랑싸움이 심해지는 바람에 몸싸움까지 벌이다가 비서에게 들키고 만다. 이래저래 심사가 헝클어진 왕은 곧 내각에 뭐라고 답할까?

이 희곡이 상연되자 작가가 민주주의보다는 군주제를 옹호했다는 비난이 쏟아졌다. 작가는 오해를 바로잡고 자신의 정치관을 밝히기 위해 긴 서문을 써야 했다. 먼저 세습군주가 선출된 총리보다 자질이 떨어지지 않는다는 점과, 정치를 망치는 것은 금권정치라는 점을 강조한다. 이어서 국민의 정부와 국민을 위한 정부는 가능하나, 국민에 의한 정부는 성인에게 선거권을 쥐어 준다고 해서 실현

되지 않는다고 말한다. 마지막으로 작가의 친구 개티가 발명한 파손 방지 기계가 '파손 주식회사'의 방해로 사장되는 사례를 보여 줌으로써 금권정치의 폐해를 고발한다.

결국 이 연극을 통해 작가는 좋은 정치에 대한 해답을 제시하기보다는, 현실 정치의 모순을 폭로함으로써 관객이 스스로 생각해 보도록 이끈다.

2025년 11월 이원경

차례

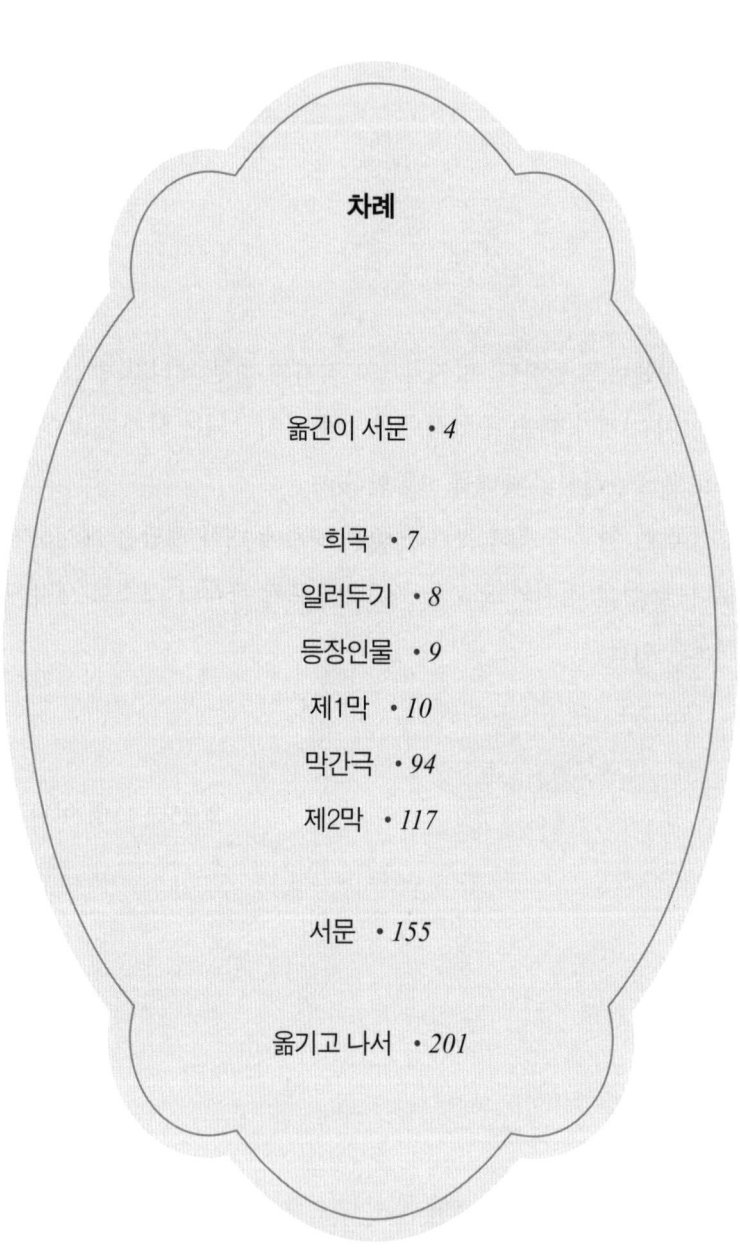

희곡

일러두기

원본에는 서문이 희곡의 앞에 자리했으나 번역본에서는 그 순서를 바꾸었다. 작가가 서문에서 희곡을 인용하기도 했으니 독자로서는 희곡을 먼저 읽는 게 낫다고 옮긴이가 판단했기 때문이다. 본문의 각주는 옮긴이의 주다.

영국(United Kingdom of Great Britain and Northern Ireland)은 네 부분으로 이루어진다. 본(本) 섬의 동남부에 위치한 잉글랜드(England)와 그 서쪽인 웨일즈, 북쪽의 스코틀랜드 및 아일랜드의 북쪽 즉 북아일랜드를 말한다. 이 책에서는 잉글랜드도 영국이라고 일컫기로 한다.

등장인물

마그누스: 왕. 45세쯤

제미마: 왕비

알리스: 공주

팜필리우스: 왕의 선임 비서. 팜

셈프로니우스: 왕의 후임 비서. 셈

빌 보아네르게스: 상무장관. 50세

조제프 프로테우스: 총리. 조

플리니: 재무장관. 플린

니코바르: 외무장관. 닉

크라수스: 식민지장관

발부스: 내무장관. 발비. 버트

아만다: 체신장관. 만디

리시스트라타: 동력장관. 리지

오린시아: 왕의 정부

반하탄: 미국 대사

역자의 말: 등장인물의 이름이 대부분, 그리스나 로마식인 이유는 먼 나라의 이야기로 보이기 위한 장치이다. 따라서 매그너스를 마그누스라고 하는 등 모든 발음을 가급적 그 취지에 따르기로 했다.

제1막

　　왕궁의 사무실. 필기용 테이블 두 개가 방의 양쪽 끝에서 마주 보고 있어 그 사이의 공간이 여유롭다. 테이블마다 방문객용 의자가 하나씩 놓였다. 문은 가장 먼 벽의 한가운데에 있다. 시계가 11시를 약간 지났음을 가리키는데, 햇빛도 아름다운 여름날 오전임을 말해 준다.

　　영리하면서도 여전히 볼품 있게 젊은 셈프로니우스는 테이블 중 하나에 앉아서 왕의 편지봉투를 열며 자신의 오른쪽 옆모습을 보여 준다.

　　중년인 팜필리우스가 다른 테이블의 의자에 등을 기대고 앉아 왼쪽 옆모습을 보여 주면서, 테이블 위에 쌓인 아침 신문 무더기 가까이에서 그중 하나를 읽고 있다. 이런 상태가 한동안 조용히 계속된다. 그러다가 팜필리우스가 신문을 내려놓고 셈프로니우스를 잠시 바라보고는 입을 뗀다.

팜필리우스.　자네 부친은 어떤 분이었나?

셈프로니우스.　[놀라서] 예?

팜필리우스.　자네 부친이 어떤 분이었느냐고?

셈프로니우스.　저희 아버지요?

팜필리우스. 그래. 어떤 분이었어?

셈프로니우스. 의식주의자*요.

팜필리우스. 종교를 물은 게 아닐세. 직업과 정치적 성향을 물은 거지.

셈프로니우스. 아버진 직업적으로도 의식주의자였고, 정치적으로도 의식주의자였고, 종교적으로도 의식주의자였습니다. 머리에서 발끝까지 격렬하고 감정적이면서도 완고한 의식주의자였지요.

팜필리우스. 국교회 목사였다는 말인가?

셈프로니우스. 전혀요. 아버진 화려한 볼거리를 만드는 일종의 예술가였습니다. 화려한 야외 행렬과 시장 취임 쇼, 군악대 공연, 대규모 공공 의식 행사 등을 기획했습니다. 최근의 두 즉위식도요. 그래서 제가 궁내의 직분을 갖게 된 겁니다. 우리 왕실 사람들은 모두 아버질 아주 잘 아셨어요. 아버진 그분들과 무대 뒤에서 함께 일했으니까요.

팜필리우스. 무대 뒤에서 일했으면서도 모든 행사들을 진짜라고 믿었다는 말이지!**

셈프로니우스. 그렇지요. 온 마음으로 믿었지요.

---

* 의식주의자(儀式主義者, Ritualist): 원래는 영국 국교회(성공회) 내에서 의식을 중시하는 종파를 가리키지만 여기서는 형식과 의례, 전통을 맹신하는 사람이라는 더 넓은 의미로 사용된다.

** 셈프로니우스의 아버지는 자신이 이런 의식 행사를 직접 기획했으니 그 내용이 연출된 것임을 알고 있으면서도, 의식 행사 자체가 신성하고 의미 있는 것이라고 믿었다는 모순을 팜필리우스가 꼬집는다.

팜필리우스. 자기가 직접 만든 것인데도 말인가?

셈프로니우스. 물론이지요. 빵 굽는 사람이 성찬용 빵을 직접 구웠다고 해서 미사의 희생 제사나 성체성사를 진심으로 믿지 못할 이유가 있다고 생각하십니까?

팜필리우스. 그런 생각은 해 본 적이 없네.

셈프로니우스. 아버지는 극장과 영화 스튜디오에서 수백만 파운드를 벌 수도 있었을 겁니다. 하지만 거기서 묘사되는 게 실제로 일어난 일이 아니라는 이유로 맡기를 거절했지요. 셰익스피어의 '헨리 8세'에서 엘리자베스 여왕의 세례식 장면을 맡는 건 개의치 않았습니다. 실제로 일어난 일이었으니까요. 그건 왕정에 대한 찬양이었거든요. 하지만 허구적인 것들은 전혀 손대지 않았어요. 수천 파운드를 제안받았지만 말이에요.

팜필리우스. 그분께 그 모든 것에 대해 정말로 어떻게 생각하는지 여쭤본 적이 있나? 물론 그러지 않았겠지. 아버지에게 자신에 대한 걸 물어볼 수는 없으니.

셈프로니우스. 친애하는 팜, 아버지는 생각이라는 걸 한 적이 없어요. 생각이라는 게 뭘 의미하는지 몰랐거든요. 실제로 극소수만 생각이란 걸 합니다. 아버지에게는 눈이 있었어요. 몸에 달린 실제의 눈 말입니다. 게다가 묘하게도 한정된 종류의 상상력을 가졌어요. 제 말은, 아버지는 보지 못한 것은 상상할 수 없었지만 본 것은 신성하고 거룩하며 전지전능하고 영원하다는 것을 상상할 수 있었으며, 불가능한 모든 것도 상상할 수 있었다는 겁니다. 광경이 충분히 훌륭해 보이고 오르간 소리가 충분히 장중하거나 군악대 연주가 충분히 요란하기만 하면 말입니다.

팜필리우스. 그분은 모든 것을 바깥에서 구해야 했다는 말이군.

셈프로니우스. 정확합니다. 아버지는 어린 시절에 부모를 향해 느껴 본 감정이 없었다면, 그리고 성인이 되어서는 아내와 아이들을 향해 느껴 본 감정이 없었다면 아무것도 느끼지 못했을 거예요. 학교에서 배우지 않았다면 아는 게 아무것도 없었을 테고요. 혼자서는 재미있는 걸 찾을 수 없었지요. 다른 사람들에게 엄청난 돈을 지불하고는 온갖 끔찍한 스포츠와 오락거리로 자신을 즐겁게 해 달라고 요구해야 했죠. 저라면 그런 것들을 피해 수도원으로 도망쳤을 텐데 말입니다. 아시다시피 그 모든 것이 의식적(儀式的)이었어요. 아버지는 매년 겨울이면, 교회에 가듯 따뜻한 휴양지 리비에라에 갔거든요.

팜필리우스. 그런데 그분은 살아 계신가? 한번 뵙고 싶네만.

셈프로니우스. 아니요. 고독으로 1962년*에 돌아가셨어요.

팜필리우스. 무슨 뜻인가? 고독으로라니?

셈프로니우스. 한순간도 혼자 있는 걸 견디지 못했거든요. 혼자 지내는 건 아버지한테 죽는 거나 마찬가지였답니다. 항상 누군가

---

* 1962년: 1928년에 쓰인 희곡의 극중 인물이 이미 죽었다는 연도로는 불가능하다. 정치풍자극임을 감안하면 극중 시기가 당시로부터 한참 미래라는 점을 알려서 논란을 피하려는 것이다.

함께 있어야 했죠.

팜필리우스. 아, 자, 이봐. 그건 우애 있고 인정 있는 일이지. 그 점이 결국 그분의 안에 뭔가가 있다는 걸 보여 주는군.

셈프로니우스. 천만의 말씀입니다. 친구들하고 이야기를 나누는 분이 아니었어요. 카드놀이야 했지요. 생각이란 걸 나누는 일은 없었어요.

팜필리우스. 별난 노인이었겠군.

셈프로니우스. 눈에 띌 정도로 별나진 않았지요. 그런 사람이 수백만은 되니.

팜필리우스. 그런데 고독으로 죽었다는 건 무슨 말인가? 감옥에 갇혔던가?

셈프로니우스. 아니요. 아버지의 요트가 스코틀랜드 북쪽 어딘가에서 암초에 부딪혀 침몰하고 말았지요. 아버지는 겨우 무인도로 헤엄쳐 갔고요. 다른 사람들은 모두 익사했고, 아버지는 3주 동안이나 구조되지 못했어요. 사람들한테 발견됐을 때 아버진 우울증으로 미쳐 있었어요. 불쌍한 노인네죠. 그리고 결국 회복하지 못했습니다. 기껏 카드놀이를 같이 할 사람이 없고 갈 교회가 없다는 이유만으로 말입니다.

팜필리우스. 친애하는 셈, 무인도에 혼자 있어서 외로운 게 아닐세. 우리 어머닌 나를 테이블 위에 세워 놓곤 그런 의미를 담은 시를 암송하게 했다네.

[암송한다]

바위에 앉아 큰물과 언덕을 향해 생각에 잠겼다가
숲의 그늘진 풍경을 천천히 살핀다
인간의 지배 허용치 않는 존재들이 사는 곳
인간의 발길이 절대 닿지 않았거나 드물게 닿은 곳
길 없는 산을 남몰래 오르네
울타리 모르는 야생의 양 떼와 함께
절벽과, 포말 일어나는 폭포를 굽어보려 홀로 몸을 숙인다
이것은 고독이 아니라, 그저
자연의 매력과 대화하며 그 보물들을 감상하는 것일 뿐[*]

셈프로니우스. 방금 아버지에 대해 정말 우스운 점을 짚으셨습니다. 자연이라고 일컬으신 것, 즉 외로운 숲 등 모든 것이 아버지한테는 존재하지 않았어요. 아버지한테 가닿으려면 무언가 인위적이어야 했지요. 아버지에게 자연이란 벌거벗음을 의미했으며 벌거벗음이란 아버지를 역겹게 할 뿐이었고요. 들판에서 풀을 뜯는 말은 쳐다보지도 않았지만 말에게 화려한 장식을 씌우고 행진에 내세우는 걸 무척 좋아했어요. 남자와 여자도 마찬가지였어요. 이들이 화려한 의상을 입고 화장을 하고 가발을 쓰고 작위를 받

---

[*] 바이런의 시 '고독(Solitude)'의 전반부.

기 전까지는 아버지한테 아무것도 아니었으니까요. 성직자가 성스러우려면 그 예복이 아름다워야 했고, 여인이 사랑스러우려면 보석과 의상이 눈부셔야 했으며, 시골의 매력은 언덕과 나무에 있지 않았고 겨울 저녁 오두막에서 피어오르는 푸른 연기에 있지도 않았지만, 오로지 사원과 궁전, 대저택, 공원 정문, 기둥 현관이 있는 시골의 저택들에 있었지요. 섬이 아버지한테 준 공포를 생각해 보세요! 공허감을요! 아버지로선 들을 것도 말할 것도 볼 것도 없고 외롭기까지 한 곳을요! 만약 꼬리를 활짝 편 공작새라도 한 마리 있었더라면 제정신을 차릴 수 있었을 텐데요. 그런데 새라곤 갈매기뿐이었지요. 화려하지 못한 새 말입니다. 우리 왕이라면 자기 생각만 가지고도 거기서 삼십 년은 살 수 있었을 테지요. 당신이라면 낚싯대 하나와 골프공 하나에 골프 클럽 가방 하나면 괜찮았겠지요. 저라면 미술관에 있는 남자만큼 행복했을 거고요. 새벽과 해넘이, 변해 가는 계절, 나날이 새로워지는 생명이 만들어 내는 끊임없는 기적을 바라보면서 말입니다. 바위틈 웅덩이를 바라볼 수 있는데 누가 따분하겠습니까? 그런데 아버지는 이 모든 걸 코앞에 두고도 섬이 안겨 주는 공허감 때문에 미쳐 버렸어요. 아무것도 없는 곳에선 왕도 권리를 잃는다고들 하지요. 아버지는 아무것도 없는 곳에선 남자가 제정신을 잃고 죽는다는 것을 알아냈고요.

팜필리우스. 덧붙이자면, 이 궁에선 12시에 국왕 전하의 편지가 준비되지 않으면 비서가 직분을 잃는다네.

셈프로니우스. [*급히 일로 되돌아가며*] 그렇죠, 젠장. 제가 일을 마치기도 전에 왜 말을 시킨 겁니까? 당신이야 아무것도 하지 않다가 전하를 대신해 신문을 읽는 체하고는 "오늘 아침엔 별다른 소식이 없습니다, 전하"라고 하면 전하께선 "다행이군"이라고 하실 거고요. 하지만 제가 전하의 고모 중 한 분이 차 마시러 방문하고 싶다며 보낸 쪽지를 놓치거나, 전하께서 사랑하시는 오린시아가 "극비: 전하 혼자서만 열어 보시기 바람"이라고 표시해 둔 걸 놓치면, 끝없는 질책을 들을 테고요. 전하께선 어제만도 연애편지 여섯 통을 받았는데, 제가 말씀드리자 기껏 "모두 왕비께 보여 드리게"라고만 하시더군요. 그러면 왕비께서 즐거워하실 거라고 생각하신 거지요. 제가 역겹게 여기듯이 왕비께서도 역겨워하실 게 저로선 뻔한데도요.

팜필리우스. 오린시아의 편지도 왕비께 가나?

셈프로니우스. 아니요, 맙소사! 오린시아의 편지는 저도 읽지 않습니다. 모든 편지를 다 읽으라는 지시를 받았습니다만, 전 그녀가 보낸 편지만은 잊어버린 척 열어 보지 않습니다. 그런데 그 태만에 대해서는 문책받지 않는다는 점을 알아차렸습니다.

팜필리우스. [*생각에 잠겨*] 아마도—

셈프로니우스. 그만두세요. 더 이상 말을 시키시면 제가 일을 마칠 수 없잖아요.

팜필리우스. 내가 말하려던 건—

셈프로니우스. 오린시아에 관해서겠죠. 하지 마세요. 그 주제에 관해 추측에 빠져들다가는 직분을 잃고 말 겁니다, 어르신. 그러니 그만두세요.

팜필리우스. 오린시아가 다치기 전엔 소리치지 말라는 거야, 젊은이. 내가 말하려던 건 자네도 알고 있을 걸로 보네만, 저 고함쟁이 보아네르게스가 상무장관으로 방금 입각했다는 점과 오늘 입궁해서 전하께 현재 위기에 대한 자기 의견 혹은 자기가 의견이라고 일컫는 것을 털어놓을 거란 점일세.

셈프로니우스. 전하께서 위기에 대해 뭘 신경 쓰시겠습니까? 즉위 이후 두 달마다 위기를 겪었지만 저들보다 늘 몇 수 위이셨는데요. 보아네르게스가 궁전을 떠들썩하게 만들도록 내버려둔 다음 완전히 휘어잡으실 겁니다.

러시아식 블라우스와 뾰족한 모자를 갖춘 채 들어온 보아네르게스가 여전히 모자를 벗지 않고 있다.[*] *나이는 50세인데 체격이 크고 자기주장이 강하다.*

---

[*] 보아네르게스(Boanerges)가 러시아 노동 계층의 복식을 갖추곤 궁정 예의를 거부하는 모습을 통해 반왕정 성향을 지녔다는 걸 암시한다. 이 이름은 마가복음 3:17의 '또 세베대의 아들 야고보와 야고보의 형제 요한이니 이 둘에게는 보아너게 곧 우레의 아들이란 이름을 더하셨으며'에 나오는 보아너게만큼 목소리가 우렁차다고 붙인 이름이다.

보아네르게스. 이봐요. 국왕은 11시 45분에 나와 약속이 있어요. 도대체 얼마나 더 기다려야 하는 거요?

셈프로니우스. [*상냥하고 정중하게*] 안녕하세요. 보아네르게스 씨 이시죠?

보아네르게스. [*퉁명스럽게, 하지만 약간 당황한 듯*] 아, 안녕하시오. 예의는 왕들의 시간 엄수라고 하더니만—

셈프로니우스. 뒤바뀌었습니다, 보아네르게스 씨. 시간 엄수가 왕들의 예의지요. 마그누스 전하께서는 그 점에 있어서 모범이십니다. 당신의 도착 소식이 아직 전하께 전해졌을 리가 없습니다. 제가 알아보겠습니다. [*서둘러 나간다*].

팜필리우스. 앉으시지요, 보아네르게스 씨.

보아네르게스. [*팜필리우스의 책상 옆에 앉으며*] 이 궁전에는 건방진 젊은 녀석들이 많더군요, 그런데 이름이—

팜필리우스. 팜필리우스입니다.

보아네르게스. 아, 그래요. 당신 얘기는 들었어요. 왕의 개인 비서 중 하나죠.

팜필리우스. 맞습니다. 그런데 우리 젊은 직원들이 무슨 실례라도 저질렀나요, 보아네르게스 씨?

보아네르게스. 글쎄, 한 놈더러 내가 왔다고 왕한테 전하되 빨리하라고 했지요. 녀석이 나를 마치 재주 부리는 코끼리 대하듯 쳐다보더니 다른 시종한테 속삭이고는 사라지더군요. 그러자 시종 녀석이 다가와 내가 누군지 모르는 듯이 이름을 물어봐도 되겠느냐지 않겠소! 그래서 내가 말해 줬죠. "이 사람아, 나를 모른다는 건 자네가 무명 인사라는 증거야. 나에 대해서라면 나만큼이나 잘 알고 있으면서. 가서 왕한테 내가 기다린다고 전해, 알겠나?" 그러자 녀석은 혼이 단단히 난 채로 사라지더군요. 난 짜증이 날 때까지 기다렸다가 가장 가까운 문을 열고 여기로 들어온 거요.

팜필리우스. 철부지들이군요! 하지만 제 동료 셈프로니우스 씨가 모든 걸 잘 처리해 줄 겁니다.

보아네르게스. 아, 아까 그 사람이 셈프로니우스였군요. 그에 관한 얘기도 들었습니다.

팜필리우스. 저희 모두에 대해 들으신 모양입니다. 이제 내각의 장관을 맡게 되었으니 이 궁에서 아주 편안하실 겁니다. 그런데 취임에 대해 장관님께 축하드려야 할까요, 아니면 장관님을 입각시킨 내각에 축하해야 할까요?

셈프로니우스. [돌아오며] 전하께서 오십니다. [자기 테이블로 가서 방문객 의자를 들고는 둘 곳을 왕이 지시할 때까지 기다린다].

팜필리우스가 일어선다. 보아네르게스가 일어나지는 않고 앉은 채 몸을 문 쪽으로 돌린다. 키가 큰 편이고 지적으로 보이는 45세 정도 의 신사인 마그누스 왕이 들어와서, 재빨리 방 가운데를 지나 보아네르게스를 향해 정중하게 손을 내민다.

마그누스. 저희 소박한 왕궁에 오신 것을 환영합니다, 보아네르게스 씨. 앉으시지요.

보아네르게스. 앉아 있습니다.

마그누스. 그렇군요, 보아네르게스 씨. 몰라봤습니다. 용서하세요. 습관의 위력이지요.

왕이 셈프로니우스에게 보아네르게스 가까이 오른편에 앉고 싶다는 뜻을 드러낸다. 셈프로니우스가 알맞게 의자를 둔다.

마그누스. 앉아도 되겠습니까?

보아네르게스. 아, 앉으세요, 앉아요. 여긴 당신 집입니다. 난 의례 따윈 신경 쓰지 않습니다.

마그누스. [고마워서] 감사합니다.

왕이 앉자 팜필리우스도 앉는다. 셈프로니우스도 자기 테이블로 돌아가 앉는다.

마그누스. 마침내 뵙게 되어 매우 기쁩니다, 보아네르게스 씨. 당신이 25년 전 노샘프턴 선거구에 출마한 이후 행보를 관심 있게 지켜봤습니다.

보아네르게스. [기분이 좋아져서 그 말을 믿고는] 그럴 줄 알았습니다, 마그누스 왕. 내가 한두 번 긴장하게 해 드렸지요, 그렇죠?

마그누스. [*미소 지으며*] 당신의 목소리가 왕좌를 흔들어 놓은 건 그보다 더 잦았습니다.

보아네르게스. [*턱짓으로 비서들을 가리키고*] 저 둘은 어떻게 할 겁니까? 우리가 나누는 얘기를 다 들어도 됩니까?

마그누스. 제 개인 비서들입니다. 불편하십니까?

보아네르게스. 아, 불편하지는 않습니다. 바란다면 트래펄가 광장에서 대담해도 되고, 라디오로 중계방송해도 상관없습니다.

마그누스. 그러면 우리 국민에게 즐거운 구경거리가 될 겁니다, 보아네르게스 씨. 하지만 그럴 준비가 되어 있지 않아서 유감입니다.

보아네르게스. [*당당하게 자세를 가다듬으며*] 그렇군요. 하지만 제가 이제껏 아무도 왕에게 말해 본 적이 없는 것에 대해 말하려 한다는 걸 알고 있습니까?

마그누스. 그걸 들으면 아주 기쁘겠습니다, 보아네르게스 씨. 나는 왕이 들을 수 있는 모든 말을 이미 들었다고 여겼습니다. 새로운 거라면 아무리 사소하더라도 들으면 기쁘겠습니다.

보아네르게스. 미리 말하지만, 유쾌한 이야기는 아닐 겁니다. 나는 평범한 남자입니다, 마그누스. 아주 평범한 남자지요.

마그누스. 전혀요, 장담하건대 당신은—

보아네르게스. [*분개하여*] 내 외모를 빗대어 말한 게 아닙니다.

마그누스. [*진지하게*] 나도 그런 뜻이 아니었습니다. 자신을 속이지 마십시오, 보아네르게스 씨. 당신은 평범한 남자와는 무척 멉니다. 나한테는 당신이 언제나 수수께끼 인물이었습니다.

보아네르게스. [크게 우쭐해져 놀란 나머지 그는 기쁨으로 미소를 머금지 않을 수 없었다*] 글쎄, 내가 어느 정도 수수께끼 인물이긴 하지요. 아마도요.

마그누스. [겸손하게] 당신을 꿰뚫어 볼 수 있으면 좋겠습니다, 보아네르게스 씨. 하지만 난 당신만큼 영리하지 못합니다. 나한테 솔직하게 대해 달라고 부탁드릴 뿐입니다.

보아네르게스. [이제 우위를 차지했다는 걸 확신하고는] 위기 상황에 대한 말이군요. 자, 솔직함이야말로 바로 내가 여기에 온 이유이지요. 솔직하게 이야기하고 싶은 첫 번째 사안은 이 나라를 당신이 아니라 당신의 장관들이 다스려야 한다는 점입니다.

마그누스. 매우 어렵기만 하고, 고맙게 여기는 사람도 없는 일을 장관들이 내 손에서 떼어 가면 무척 고마울 뿐입니다.

보아네르게스. 하지만 그 일이 당신 손에 있는 게 아닙니다. 장관들 손에 있어요. 당신은 그저 헌법상의 군주일 뿐입니다. 벨기에선 그걸 뭐라고 부르는지 압니까?

---

* 이 장면은 보아네르게스의 허영심을 보여 주는 대목이다. 처음에 그는 '평범한 남자'라고 자처했지만, 실제로는 특별한 존재(수수께끼같이 복잡하고 흥미로운 인물)로 인정받고 싶어 하는 속마음을 가지고 있다가, 결국 마그누스의 교묘한 공치사에 쉽게 넘어가는 모습을 보여 준다.

마그누스. 고무도장*이라던가요. 맞지요?

보아네르게스. 맞아요, 마그누스 왕. 고무도장. 그게 바로 당신이 해야 할 역할이에요. 이 점을 잊지 마세요.

마그누스. 그렇지요. 그게 대개 우리의 존재지요. 우리 둘 다의 존재.

보아네르게스. [분개하여] 무슨 소리요? 우리 둘 다라니?

마그누스. 사람들이 우리한테 서류를 가져오지요. 우리는 서명하고요. 당신이야 그걸 읽을 시간이 없으니 당신한텐 다행한 일이지요. 그렇지만 난 모든 서류를 읽어야 하고요. 늘 동의하는 게 아니지만 서명해야 하지요. 어쩔 도리가 없기 때문이에요. 예를 들어 사형 집행 명령서에다가요. 죽임을 당하지 말아야 할 것으로 보이는 사람의 서류에다가는 서명해야 하는 반면에, 죽임을 당해야 마땅해 보이는 수많은 사람에게는 서류를 작성할 수조차 없지요.

보아네르게스. [비꼬아] "저자의 목을 쳐라"라고 말하고 싶은 거지요, 그렇죠?

마그누스. 많은 남자는 자기네 머리를 별로 아쉬워하지 않을 테지요. 그 속에 든 게 별로 없으니까요. 그래도 사형은 심각한 업무예요. 적어도 죽임을 당할 당사자는 대개 사형이 심각한 업무라고 생각할 만큼은 자만심이 있지요. 내 생각에는 만약 나를 죽이

---

* 고무도장(indiarubber stamp)은 서류를 제대로 검토하지도 않고 도장을 찍어야 하는 존재, 즉 허수아비 책임자를 말한다. 적절한 번역어로는 '날인 기계'일 테지만 뒤에 '고무'라는 언급이 나오니 그대로 둔다.

자는 논의가 있으면—

보아네르게스. [냉혹하게] 언젠가 그럴 수도. 그런 논의를 들은 적
이 있어요.

마그누스. 아, 그렇고말고요. 나는 찰스왕의 머리를 잊은 적이 없
어요. 자, 그 일이 고무도장이 아니라 살아 있는 사람에 의해 처리
되길 바랍니다.

보아네르게스. 그 일은 내무장관, 즉 합법적으로 구성된 민주 정부
의 장관에 의해 처리될 겁니다.

마그누스. 또 다른 고무도장이지요, 그렇죠?

보아네르게스. 현재로선 그렇겠지요. 하지만 내가 내무장관이면
안 그럴 겁니다, 절대로요! 아무도 빌 보아네르게스를 고무도장
으로 만들 순 없어요. 장담합니다.

마그누스. 물론 그렇겠죠. 사람들이 자기네 통치자를 어떻게 이상
화하는지 궁금하지 않으세요? 옛날에는 불쌍하게도 왕이 신이었
어요. 실제로 신이라고 불리며 무오하고 전지한 존재로 숭배받았
어요. 터무니없었지요.

보아네르게스. 어리석었지요, 그냥 어리석었어요.

마그누스. 하지만 왕이 고무도장인 척하는 우리의 가식에 비하면
어리석기론 절반쯤이나 될까요? 고대 로마의 황제신은 무한한 지
혜도, 무한한 지식도, 무한한 권력도 갖지 못했지만 어느 정도는
갖고 있었어요. 아마 자신의 장관들만큼은요. 황제는 살아 움직

이는 존재였지 생명 없는 도구가 아니었어요. 어떤 사람이 왕이나 장관에게 다가가서 그를 테이블에서 집어 들어 나무와 황동, 고무 한 조각을 사용하듯 한 적이 있나요?* 당신 부처(部處)의 상임 공무원들은 그런 식으로 당신을 집어 들어 사용하려 할 겁니다. 스무 번 중 열아홉 번은 그들이 그렇게 하도록 내버려둬야 할 거예요. 당신이 모든 것을 알 수는 없는데, 설령 안다 해도 모든 일을 다 할 수도 없고 모든 곳에 있을 수도 없으니까요. 그런데 스무 번째에는 어쩌지요?

보아네르게스. 스무 번째에는 공무원들이 빌 보아네르게스와 맞선다는 걸 알게 되겠죠, 그렇지요?

마그누스. 정확합니다. 고무도장 이론은 통하지 않을 겁니다, 보아네르게스 씨. 옛날의 신성한 이론은 통했습니다. 우리 인간 모두에게는 신성한 불꽃이 있기 때문입니다. 아무리 어리석거나 못된 군주나 장관이든지, 완전한 신은 아니어도 어느 정도는 신이어서 신이 되려는 시도는 하지요. 아무리 그 정도가 작고 그 시도가 실패하더라도 말입니다. 하지만 고무도장 이론은 진짜 위기가 닥칠 때마다 무너지고 맙니다. 어떤 왕이나 장관도 도장과는 조금도 닮은 점이 없어서 오히려 살아 있는 영혼이니까요.

보아네르게스. 영혼이라고요? 당신 같은 왕들은 여전히 그걸 믿나

---

* 나무, 황동, 고무는 모두 도장의 재료이니 사람들이 왕이나 장관들을 도장 대하듯 한다는 말이다.

보군요.

마그누스. 그 단어가 편리하다고 봅니다. 짧고 친숙하니까요. 하지만 영혼이라고 불리는 게 싫으시면 당신을 무생물과 구별되는 생명체라고 합시다.

보아네르게스. [이 말이 영 마음에 들지 않아] 군이 뭔가로 불러야 한다면 차라리 영혼이라고 하시죠. 내가 살이 너무 많다는 건 압니다. 의사가 10킬로 정도는 빼라고 하거든요. 하지만 나에게는 고깃덩어리 이상의 뭔가가 있어요. 원하면 영혼이라고 부르세요. 단, 미신적인 의미가 아니라면 말이죠. 제 뜻을 아시겠죠?

마그누스. 완벽하게 이해합니다. 그러니까 보시다시피, 보아네르게스 씨, 우리가 서로 마주한 지 10분도 안 되었는데도, 당신은 벌써 저를 지적인 토론으로 이끌어 주셨습니다. 우리가 한 쌍의 고무도장을 능가하는 존재라는 것을 보여 준 토론 말입니다. 당신은 내 두뇌와 맞서고 있는 겁니다. 내 두뇌가 보잘것없지만요.

보아네르게스. 그리고 당신은 내 두뇌와 맞서고 있고요.

마그누스. [정중하게] 의심의 여지가 없지요.

보아네르게스. [이를 드러내고 웃으며] 보잘것없다고 하셨지요?

마그누스. 내 두뇌이니 그렇게 평가한 것입니다. 더욱이 당신은 입증하셨습니다. 평범한 사람이라면 당신처럼 출세할 수 없었을 겁니다. 나로서는 백부의 조카인 데다가 위로 두 형이 죽었으니 왕이 된 거고요.

내가 이 나라에서 제일 어리석은 사람이었어도 여전히 왕일 테고요. 공로가 있어서 지위에 오른 게 아닙니다. 만약 내가 태어나길 당신처럼 그러니까, 그러니까—

보아네르게스. 빈민굴에서요. 그대로 말하세요. 코럼 선장의 동상* 밑에서 경찰 눈에 띄었지요. 그 경찰의 할머니에게 입양되었고요. 할머니를 축복하소서!

마그누스. 내가 그 경찰 눈에 띈 신세였다면 어디서 지냈을까요?

보아네르게스. 아! 어디서였을까요? 하긴 당신이라고 해서 꽤 잘 해내지 못했을 리가 없다는 점을 염두에 두세요. 당신은 바보가 아니에요, 마그누스. 그 점은 인정합니다.

마그누스. 나를 칭찬하는군요.

보아네르게스. 왕을 칭찬한다고요! 빌 보아네르게스는 절대로 그런 짓 안 합니다.

마그누스. 하지요, 칭찬해요. 모든 사람이 왕을 칭찬한다고요. 하지만 모든 사람이 당신만큼 재치 있는 건 아닙니다. 또 말씀드려도 될까요? 당신만큼 선량하지가 않아요.

보아네르게스. [자만심에 젖어 환하게 웃으며] 아마도 그렇겠죠. 하지만 나는 공화주의자예요, 아실 테지만.

---

* 토마스 코럼 선장(Captain Thomas Coram, 1668?-1751)은 영국에서 버려진 고아들을 위해 파운들링 병원(Foundling Hospital, 보육원 겸 병원)을 설립한 인물이다. 그의 동상이 있는 곳은 런던에서 버려진 아이들을 상징하는 장소였기 때문에, 고아였던 보아네르게스가 자신을 이렇게 묘사한 것이다.

마그누스. 그 점이 늘 나를 놀라게 했습니다. 정말로 누구나 공화국 대통령만큼의 개인적 권력을 가져야 한다고 보시나요?* 야심에 찬 왕들도 대통령들을 부러워하거든요.

보아네르게스. 무슨 뜻입니까? 무슨 말인지 모르겠어요.

마그누스. [미소 지으며] 보아네르게스 씨, 나를 속일 수는 없습니다. 당신이 왜 공화주의자인지 알아요. 만약 영국민이 나를 쫓아내고 공화국을 세운다면 초대 영국 대통령이 될 가능성이 당신보다 큰 사람은 없습니다.

보아네르게스. [거의 얼굴을 붉히며] 아! 그 말은 안 하겠어요.

마그누스. 자, 자! 당신도 나만큼 잘 알고 있어요. 글쎄, 만약 그런 일이 일어난다면 당신은 내가 지금까지 가졌던 것에 비하면 열 배나 많은 권력을 갖게 될 거예요.

보아네르게스. [완전히 확신하지는 못하며] 어떻게 그럴 수 있나요? 당신이 왕인데요.

마그누스. 그런데 왕이란 게 뭡니까? 부자들이 왕을 우상으로 세워놓고는 희생양이자 꼭두각시로 삼아 나라를 통치하는 것이지요. 하지만 대통령은 국민이 선택하지요. 국민은 항상 부자들로부터 자신들을 보호해 줄 강력한 지도자를 원하거든요.

보아네르게스. 글쎄, 나 자신이 어느 정도는 강력한 남자이니 하는

---

* 마그누스가 공화국의 국민(any man)과 대통령을 대조하는 대목에서 개인적 권력(personal power)이란 모호한 단어를 선택한 것은 공화국에 대한 이해가 부족해서일 수도 있고, 아둔한 보아네르게스를 헷갈리게 하려고 말을 비트는 것일 수도 있다.

말이지만, 당신의 말에는 무언가가 있을지도 모르겠습니다. 하지만 솔직히 말해서, 마그누스, 남자 대 남자로서 묻건대, 정말로 당신은 왕보다 대통령이 되는 게 낫다고 말하는 겁니까?

마그누스. 전혀 아니에요. 내가 그렇다고 해도 당신은 믿지 않을 텐데, 그건 당연하죠. 보세요, 내 안전상태는 아주 만족스럽습니다.

보아네르게스. 안전상태요? 당신은 조금 전에 나같이 대단찮은 사람도 당신의 왕좌를 한두 번 흔들어 놨다고 인정했잖아요.

마그누스. 맞아요. 그걸 지적해 주시니 감사합니다. 왕정이 언제든지 끝날 수 있다는 건 나도 알고 있습니다. 하지만 왕정이 지속되는 한, 지속되는 한 말입니다, 나는 매우 안전해요. 나는 선거 운동이라는, 의욕마저 잃게 만드는 고되고 끔찍한 일에서 벗어납니다. 나로서는 만족시켜야 할 유권자들이 없어요. 장관들은 오고 가지만 나는 영원히 계속됩니다. 당신 지위의 그 끔찍한 불안정함은—

보아네르게스. 무슨 소리오? 내 지위가 어떻게 위태롭다는 겁니까?

마그누스. 투표에서 질 수도 있잖아요. 당신 자리는 노동조합 자리 아닙니까? 수력발전 노동자연맹이 당신을 버리면 어쩌시겠습니까?

보아네르게스. [*자신 있게*] 나를 버리진 않을 겁니다. 당신은 노동자를 몰라요, 마그누스. 노동자였던 적이 없으니.

마그누스. [*눈썹을 치켜든다*]!

보아네르게스. [*계속하며*] 세상에 어떤 왕도 노동조합 간부만큼 자리가 안전하지 않아요. 간부를 쫓아낼 수 있는 건 딱 하나뿐이지요. 그건 술입니다. 그것조차도 실제로 넘어지지 않는 한은 괜찮아요. 난 이 남녀에게 민주주의를 말해 주며, 자기네에게는 투표권이 있고 왕국과 권력과 영광이 자기네 것이라고도 말해 주지요. 나는 "여러분이 최고입니다. 여러분의 권력을 행사하세요"라고 말합니다. 그러면 그들이 "맞습니다. 우리가 어찌해야 할지 말해 주세요"라고 하지요. 그래서 나는 "저에게 투표함으로써 지혜롭게 투표권을 행사하세요"라고 말해 줍니다. 그러면 그들은 그렇게 합니다. 이게 민주주의예요. 민주주의는 적재적소에 적임자를 앉히는 데도 훌륭한 제도예요.

마그누스. 멋지군요! 이보다 더 잘 설명한 걸 들어 본 적이 없어요. 정말 머리가 좋으시군요, 보아네르게스 씨. 민주주의에 관해 논문을 써 보시지요. 하지만—

보아네르게스. 하지만 뭡니까?

마그누스. 목소리가 더 큰 어떤 사람이 등장한다고 가정해 봅시다! 어떤 바보! 어떤 허풍선이! 웅변술로 대중을 현혹하는 어정뱅이 말입니다!

보아네르게스. 아이키 야코부스*를 말하는 겁니까? 그는 공론가일 뿐이에요. [손가락을 튕기며] 난 그 사람을 요만큼도 신경 쓰지 않아요.

---

* 아이키 야코부스(Iky Jacobus)는 가상의 인물이다.

마그누스. 야코부스 씨라는 분은 들어 본 적도 없어요. 하지만 왜 "공론가일 뿐"이라고 하십니까? 공론가는 대중의 인기를 얻는 데 매우 만만찮은 상대예요. 대중은 말은 이해하지만 일은 이해하지 못해요. 당신이나 나처럼 두뇌를 사용하는 일 말입니다.

보아네르게스. 맞아요. 하지만 난 아이키를 말로 압도할 수 있어요.

마그누스. 운이 좋은 분이군요. 모든 패를 손에 쥐고 있으니까. 하지만 당신만큼 재능이 있다고 할 수 없는 내가 우리 백부의 조카인 한, 아이키가 나를 무너뜨릴 수 없어서 아주 다행입니다.

산책 복장을 갖춘 한 어린 숙녀가 거침없이 달려 들어온다.

어린 숙녀. 아빠, 그 주소를 찾을 수 없어요—

마그누스. [*말을 자르며*] 아니, 아니, 안 돼. 지금은 안 돼. 나가 보렴. 상무장관님과 중요한 일을 논의 중인 게 안 보이니? 제멋대로인 딸을 용서해 주셔야겠습니다, 보아네르게스 씨. 딸을 소개해도 될까요? 알리스, 제 맏딸입니다. 보아네르게스 씨다, 애야.

알리스. 아, 당신이 그 대단한 보아네르게스 씨로군요.

보아네르게스. [*만족스러운 마음으로 일어서며*] 글쎄, 저는 그렇게 자칭하지 않는다는 걸 아실 테지요. 하지만 남들이 그렇게 일컫는다는 건 압니다. 저로선 공주님을 알게 되어 무척 기쁩니다.

두 사람이 악수한다.

알리스. 왜 그렇게 끔찍한 옷을 입고 계시죠, 보아네르게스 씨?

마그누스. [*나무라며*] 이런, 얘야!

알리스. [*계속하며*] 나라면 그런 옷을 입은 당신과는 외출할 수 없어요. [*그의 옷을 가리키며*].

보아네르게스. 작업복입니다, 공주님. 전 이 옷차림에 대한 자부심이 있습니다.

알리스. 아 그래요. 그 모든 걸 알고 있어요, 보아네르게스 씨. 하지만 그런 신분으로 보이지 않는 거 있죠. 누구든 당신이 당연히 지배층에 속한다는 걸 알 수 있는데요.

보아네르게스. [*이러한 관점에 솔깃해서*] 어떤 면에선 그럴지도 모르죠. 하지만 저는 제 손으로 벌어서 먹었지요. 막일꾼으로 산 건 아니지만. 전 숙련 기계공, 아니, 조국이 저에게 나라를 이끌어 달라고 요청하기 전까지는 그랬습니다.

마그누스. [*알리스에게*] 자, 얘야, 너는 가장 흥미 있는 대화를 방해했단다. 나로서는 배울 점이 무척 많았는데. 더 진행하려고 애써봐야 소용이 없겠습니다, 보아네르게스 씨. 가서 딸이 원하는 걸 찾아봐야겠습니다. 얘가 들이닥친 이유가 실제로는 나의 훌륭한 새 장관을 보려던 것이라는 강한 의심이 듭니다만. 우리는 이따가 다시 만나게 될 겁니다. 아시다시피 위기에 대해 논의하기 위해 총리가 자기 동료 몇과 함께 오늘 방문하기로 되어 있습니다. 물론 당신도 포함되길 바랍니다만. [알리스의 팔을 잡고 문으로 향한다] 이해해 주시겠지요?

보아네르게스. [친절하게] 아, 좋아요. 아주 좋습니다.

왕과 공주가 나가는데 무척 만족스러워 보인다.

보아네르게스. [셈프로니우스와 팜필리우스에게] 음, 사람들이 뭐라고 하든, 왕은 바보가 아니에요. 사람들이 왕을 어떻게 상대해야 하는지만 알면 말이지요.

팜필리우스. 당연히, 그게 핵심이죠.

보아네르게스. 그런데 아가씨가 버릇없이 자라진 않았군요. 그걸 알게 되어 기뻤어요. 맏왕녀가 된 걸 모르는 것 같더군요, 그렇죠?

셈프로니우스. 글쎄요, 공주님이 당신 앞에서 허세를 부릴 생각은 꿈도 꾸지 않으셨을 겁니다.

보아네르게스. 뭐요! 평소에는 저렇지 않다고요?

셈프로니우스. 아, 그렇습니다. 모든 사람이 당신처럼 환대받는 건 아닙니다. 궁에서 즐거우셨기를 바랍니다.

보아네르게스. 자, 내가 마그누스를 아주 잘 이끌어 줬지요? 그렇게 생각하지 않나요?

셈프로니우스. 만족해하셨습니다. 그분을 다루는 재주가 있으십니다, 장관님.

보아네르게스. 글쎄, 그럴지도, 그럴지도 모르지요.

다섯 명의 내각 각료들이 외교복을 화려하게 차려입고 무리를 지어 들어온다. 프로테우스 총리의 왼쪽에는 상냥하고 사람을 잘 달래는 재무장관 플리니와 음흉하고 비판적인 외무장관 니코바르가 있다. 오른쪽에는 연로하고 근심 많은 식민지장관 크라수스와 무례하고 경솔한 내무장관 발부스가 있다.

발부스. 이런! 빌 좀 봐. [보아네르게스에게] 집에 가서 제대로 차려입고 와, 이 사람아.

니코바르. 여기가 어디라고 생각하는 거야?

크라수스. 자네가 누구라고 생각하는 거야?

플리니. [블라우스를 만지작거리며] 빌, 이거 어디서 샀나?

보아네르게스. [약 오른 곰처럼 그들에게 돌아서며] 그렇게 말하자면 자네들이야말로 자신을 누구라고 생각하는 건가? 이 친구들아.

프로테우스. [달래며] 신경 쓰지 마, 빌. 격식 없는 복장을 자기들이 먼저 생각해 내지 못해서 시샘하는 거야. 왕과는 어떻게 지냈나?

보아네르게스. 아주 순조로웠지, 조. 왕은 나한테 맡겨 둬. 그를 다루는 법을 알거든. 내가 지난 3개월 동안 내각에 있었더라면 이런 위기는 안 겪었을 거야.

니코바르. 그분이 자네를 혼쭐내셨나?

보아네르게스. 무슨 소리야? 나를 혼쭐내? 여기가 경찰서야?

플리니. 이 궁전에서 혹독한 추궁이 낯선 일은 아닐세, 친구. [*팜필리우스에게*] 왕비께서도 거드셨나요?

팜필리우스. 아닙니다. 하지만 알리스 공주님이 들렀다가 장관님께 크게 감명받으셨습니다.

장관들이 보아네르게스를 보며 떠들썩하게 웃는다.

보아네르게스. 도대체 뭐가 그리 우스운가?

프로테우스. 신경 쓰지 마, 빌. 저 친구들은 그냥 새로 입각한 자네를 놀리며 재미 좀 보려는 거야. 자, 여러분! 농담은 그만하고 회의를 시작합시다. [*국왕이 앉았던 의자에 앉는다*].

셈프로니우스와 팜필리우스가 즉시 일어나 서류 일부를 가지고 바쁘게 나간다. 보아네르게스는 팜필리우스의 의자로 옮겨 앉고, 플리니는 보아네르게스의 의자에, 발부스는 셈프로니우스의 의자에 앉는다. 한편, 니코바르와 크라수스는 제각기 벽에서 의자를 가져와 총리의 좌우 테이블의 끝에 앉는다.

프로테우스. 자, 먼저 여러분 모두 이 점을 확실히 깨달으셨는지 묻고 싶습니다. 우리가 지난 선거에서 다른 정당들을 모조리 쓸어 버리고 지난 3년간 집권해 왔지만 그동안 이 나라를 통치한 것은 왕이라는 사실 말입니다.[*]

니코바르. 이해가 안 됩니다. 우리가—

프로테우스. [*성급하게*] 이해를 못 하겠거든 제발 사임해서 사실을 직시할 수 있는 사람들에게 자리를 양보하든지, 아니면 내 자리를 맡아서 직접 당을 이끌어 보세요.

니코바르. 당신의 문제는 자신이 총리라고 해서 전능한 하느님인 것은 아니라는 사실을 직시하지 못한다는 점이에요. 왕은 우리가 하라고 조언하는 것 외에는 아무것도 할 수가 없어요. 우리가 모든 권력을 쥐고 있어서 왕은 아무 권력도 없는데 어떻게 나라를 통치할 수 있다는 겁니까?

보아네르게스. 바보 같은 소리 하지 말아요, 닉. 그런 고무도장 이

---

[*] 논란을 피하기 위해 작가가 다양한 장치를 마련했지만 이 희곡이 쓰인 당시, 즉 1928년 영국을 배경으로 한 것은 부인할 수 없다. 보아네르게스의 복장은 집권당이 노동당임을 말해 준다. 이 당은 쇼가 활동한 페이비언 협회의 지원을 받아 창당되었다. 영국 최초의 노동당 정부는 1924년 1월 램지 맥도널드(Ramsay MacDonald)가 총리가 되면서 시작되었으나 11월에 제3당인 자유당의 지지 철회로 약 9개월 만에 끝나고 말았다. 즉 제1당인 보수당이 과반 의석을 차지하지 못하는 바람에 노동당은 소수당으로서 가까스로 집권했었다. 한편, 조지 5세(재위기간: 1910-1936)는 최초의 노동당 정부를 기꺼이 받아들였으니 입헌군주의 역할에 충실했다. 이 사실은 이미 영국에서는 입헌군주제가 성숙기에 이르렀음을 말해 준다. 따라서 3년 전 선거에서 다른 정당들을 모조리 쓸어 버렸다느니, 국왕이 나라를 통치한다느니 하는 프로테우스의 말은 당시 영국의 현실이 아니다. 즉 작가는 영국 정치 현실과 허구를 극에 버무려 넣음으로써 하고 싶은 말을 마음껏 하고 있다.

론은 통하지 않아요. 지금까지 어느 누가 왕이나 장관에게 다가가서 테이블에서 집어 들어 나무와 황동, 고무 한 조각 사용하듯이 이들을 마음대로 부릴 수 있었나요? 왕도 살아 있는 인간입니다. 그런데 그 대단한 조언을 한다는 당신은 뭐가 더 특별하다는 겁니까?*

플리니. 이봐요, 빌! 누군가가 당신 머리를 깨우쳐 준 모양이군요.

보아네르게스. 무슨 소리오? 내가 늘 하던 말 아닌가요?

프로테우스. [신경이 날카로워져서] 제발 그만들 두세요. 왕이 들어오시면, 뭐라고 말씀드릴 건가요? 여러분이 단합해서 같은 말을 하든지 아니면 그 말을 내가 대신 하게 하면 그분은 양보할 수밖에 없어요. 하지만 그는 바로 악마처럼 교활합니다. 여러분 한 사람 한 사람의 약점을 찌를 핀을 가지고 계시거든요. 여러분이 모두 다투고 야단치고 고함치기 시작하면, 이건 바로 왕이 여러분에게 바라는 바이니 결국에는 평소처럼 자기 뜻대로 하고 말 겁니다. 한 사람이 뚜렷한 의견을 가지고 있으면서 이 점을 자각하기까지 한다면, 그런 의견도 없고 자각하지도 못한 열 사람을 항상 이길 수 있기 때문입니다.

플리니. 진정하세요, 총리님. 너무 흥분하셨습니다.

프로테우스. 사람을 돌아 버리게 만들 일이어서요. 미안합니다.

---

* 풋내기 장관인 보아네르게스는 왕과의 만남을 통해 현실 정치의 복잡성을 나름 이해했다고 자부하게 된다. 그러다 보니 왕의 말을 자기의 말인 것처럼 되뇌게 되었다. 반면에 동료들의 권력에 대한 이해는 하찮아 보였다.

플리니. [화제를 바꾸며] 만디는 어디 있지요?

니코바르. 리지는요?

프로테우스. 언제나처럼 늦는군요. 자! 일, 일, 일을 합시다.

보아네르게스. [우레 같은 목소리로] 조용! 조용!

프로테우스. 왕이 언론을 동원해서 우리를 공격하고 있어요. 연설하고 다니고 있고요. 이제 한계에 다다랐습니다. 어제 새 상공회의소 개관식에서 국왕의 거부권*이야말로 부패한 입법 행위로부터 국민을 보호하는 유일한 방어막이라고 하셨거든요.

보아네르게스. 정말 그래요, 그렇고말고! 다른 어떤 방어막이 있단 말입니까? 민주주의? 쳇! 민주주의의 가치쯤이야 우리가 잘 알지요. 우리에게 필요한 건 강력한 지도자입니다.

니코바르. [비웃으며] 예를 들면 당신이군요.

보아네르게스. 우리나라가 공화국이고 국민이 지도자를 선택할 수 있다면, 당신보다는 내가 더 나은 기회를 가질 거요, 친구. 게다가 말해두건대 공화국 대통령이 왕보다 더 많은 권력을 가져요. 국민은 부자들로부터 자신들을 보호해 줄 강력한 지도자가 필요하다는 걸 알고 있기 때문이지요.

---

* 국왕의 거부권: 영국 군주가 마지막으로 의회가 통과시킨 법안을 거부한 것은 1708년 앤 여왕 때였다. 그 이후 300년 넘게 거부권은 행사되지 않았고 왕실 승인은 형식적 절차가 되었다. 하지만 왕실의 이익에 관련된 법안은 의회에 상정되기 전에 미리 왕실의 동의를 구하는 관습이 있어, 왕이 공개적 거부권 없이도 은밀히 영향력을 행사할 수 있다. 쇼는 이런 이중적 상황을 비판한다.

프로테우스. [절망감에 의자 등받이에 몸을 던지며] 꼴좋군. 오늘 아침 노동당 계열 신문 두 군데에서 국왕을 지지하는 사설이 나왔어요. 그리고 여기 내각에 최근 들어온 인물이 국왕파입니다. 나는 사임합니다.

니코바르가 유쾌한 듯 태연함을 보이고 보아네르게스가 단호한 표정으로 어깨를 당당하게 편 것 말고는 모두가 대경실색한다.

플리니.
발부스.
크라수스.

안 돼요. 그러지 마세요, 조.
뭐라고! 지금! 그럴 순 없어요. 안 됩니다.
당연히 안 되지요. 말도 안 돼요.

프로테우스. 소용없어요. [일어나며] 사임한다고요. 모두 집어치우세요. 나는 대중 정부가 여태껏 상대해 본 가장 교활한 적에 맞서서 이 내각을 하나로 유지하려다 이미 건강은 잃었고 이성마저 잃을 지경입니다. 할 만큼 했어요. [다시 앉으며] 사임합니다.

크라수스. 하지만 이런 때는 안 됩니다. 개울을 건너는 도중에 말을 갈아타선 안 되지요.

니코바르. 왜 안 되죠? 탄 말이 히스테리를 부린다면요.

보아네르게스. 게다가 탈 수 있는 말이 한 마리뿐인 것도 아닌데요.

프로테우스. 옳은 말씀입니다. 완전히 옳아요. 닉, 내 자리를 가져가세요. 빌, 당신 차지예요. 잘해 보세요.

플리니. 자, 이봐, 이봐, 이봐요. 착하게 굴어요. 마그누스가 오기 전에는 새 내각을 만들 수 없어요. 주머니에 뭔가 있잖아요, 조. 그걸 꺼내서 이들에게 읽어 주세요.

프로테우스. [주머니에서 서류를 꺼내며] 여러분이 받아들이든 말든 제가 제안하려던 것은 최후통첩입니다.

크라수스. 좋아요!

프로테우스. 왕이 여기에 서명하든지 아니면 [의미심장하게 멈춘다]!

니코바르. 아니면 뭐죠?

프로테우스. [역겨워하며] 아, 당신 때문에 속이 불편해요.

니코바르. 자기 입으로 건강을 잃었다고 이미 말했잖아요. 그냥 묻는 건데 왕이 최후통첩에 서명을 거부하면요?

프로테우스. 장관이라는 사람이 그런 것도 모르다니!

니코바르. 그래요, 모르겠어요. 계속 묻습니다. 당신은 그가 서명해야 한다고 했죠, 아니면. 아니면 어쩔 거냐고 묻는 겁니다.

프로테우스. 아니면 우리가 사임하고 국민에게 말하는 거죠. 우리의 책임을 훼손하는 조건에서는 왕의 정부를 이끌어 갈 수 없다고요.

발부스. 그러면 되겠군요. 왕은 그런 상황을 감당하지 못할 거예요.

크라수스. 맞아요. 그러면 궁지에 몰릴 거예요.

프로테우스. 동의하십니까?

플리니.

크라수스. } 네, 네, 네, 동의, 동의, 동의.

발부스.

보아네르게스. 나는 열린 마음을 유지하겠습니다. 최후통첩을 들
어 봅시다.

니코바르. 그래요, 들어 봅시다.

프로테우스. 합의된 양해각서—

*왕과 함께, 왼쪽에는 남자들과 같은 제복을 입은 명랑한 숙녀인 여
성 체신장관 아만다가, 오른쪽에는 학자 복장의 엄숙한 숙녀인 여성
동력장관 리시스트라타가 들어온다.* * *모두 일어선다. 총리의 얼굴이
어두워진다.*

마그누스. 환영합니다, 신사들. 내가 너무 일찍 온 게 아니길 바랍
니다. [*총리의 못마땅한 얼굴을 알아채고*] 방해가 되고 있나요?

프로테우스. 이의 있습니다. 참을 수 없는 일입니다. 왕의 특권에
관한 우리의 입장을 검토하기 위해 내각회의를 소집했는데, 두

---

* 여성 장관: 21세 이상 모든 영국 여성에게 완전한 참정권이 주어진 때는 1928년이
  었다. 영국 최초의 여성 장관 마거릿 본드필드(Margaret Bondfield)는 1929년 6월
  램지 맥도날드의 두 번째 내각에서 노동장관으로 입각했다. 따라서 1928년 말에
  씌었고 1929년 6월 폴란드에서 초연된 연극에 두 명의 여성 장관을 등장시킨 것은
  혁신적이면서 선견지명이 있는 설정이었다.

여성 각료인 체신장관과 동력장관이 저와 회의할 자리에 있지 않고 전하와 밀담을 나눈 걸 알게 되니 말입니다.

리시스트라타. 당신 일에나 신경 써요, 조.

마그누스. 아, 안 됩니다. 정말, 정말, 정말로, 친애하는 리시스트라타, 그런 말을 해선 안 됩니다. 우리의 일은 모두의 일에 간섭하는 것입니다. 총리는 직업상 참견쟁이지요. 군주도 마찬가지입니다. 우리 모두 그렇고요.

리시스트라타. 자, 모두의 일은 누구의 일도 아니라고들 하지요. 이 말은 조한테 딱 맞는 말이에요. [*그녀는 벽에서 힘센 손으로 의자 하나를 들고 셈프로니우스의 테이블 안쪽 모서리로 옮겨다 놓고는 왕이 앉기를 기다린다*].

프로테우스. 이게 신경쇠약 직전인 제가 참아내야 하는 상황입니다. [*정신이 없는 채 주저앉아서는 두 손으로 얼굴을 감싼다*].

아만다. [*그에게 다가가 다독이며*] 이봐요, 조! 야단스레 굴지 마세요. 당신이 자초했잖아요.

니코바르. 왜 그런 식으로 리지를 건드리는 겁니까? 한 성질 하는 거 알면서.

리시스트라타. 내 성질에는 아무 문제 없어요. 하지만 조의 헛소리는 참지 않을 거예요. 그가 그 점을 더 빨리 받아들일수록 우리 회의 진행이 더 순조로울 거예요.

보아네르게스. 이의 있습니다. 품위를 지킵시다. 우리 자신을 존중

하고 왕좌를 존중해야 합니다. 조니, 빌이니, 닉이니, 리지니 하는 모든 것들 때문에 우리가 마치 생선튀김 가게에서 수다 떠는 것 같습니다. 총리는 총리입니다. 조가 아니에요. 동력장관도 리지가 아니라 리지스 트레이터*입니다.

리시스트라타. [명백히 여교장 경력이 있는] 그건 아니죠, 빌. 리 시 스트라타죠.** 리지라고 부르는 게 나아요. 발음하기가 더 쉬울 테니까요.

보아네르게스. 리 시스트라타라고! 이런 허세를 본 적이 없어요. 당신이 나를 보 아네르지즈라고 부르는 거나 마찬가지예요. [그 가 의자에 몸을 던진다].

마그누스. [상냥하게] 모두 앉읍시다, 숙녀와 신사 여러분!

보아네르게스가 서둘러 일어섰다가 다시 앉는다. 왕이 플리니의 의자에 앉는다. 리시스트라타와 다른 남자들이 각자의 의자에 앉으니 플리니와 아만다만 서 있게 된다. 아만다가 양손에 하나씩 의자를

---

* 리시스트라타(Lysistrata)를 보아네르게스가 리지스 트레이터(Lysis Traitor)라고 어눌하게 띄어서 발음한 것인데, 뒷부분은 반역자란 뜻이다. 따라서 사람의 이름을 '리지는 반역자다'란 문장으로 바꾼 셈이다.

** 리시스트라타(Lysistrata)는 그리스 희곡 작가 아리스토파네스의 작품 제목이자 여주인공의 이름이기도 한데, 이 아테네 여성은 다른 그리스 도시 여성들과 연합해서 남편들이 전쟁을 멈출 때까지 성관계를 거부하는 파업을 조직한다. 교육 경력이 있고 자신의 이름에 자부심을 가진 동력장관으로서는 남이 자신의 이름을 잘못 발음하자, 발음을 제대로 가르쳐 주기 위해 '리 시스트라타'라고 또박또박 발음해 준 것이다.

들고 와서 왕과 팜필리우스의 테이블 사이에 나란히 둔다.

아만다. 여기 앉아요, 플린. [*테이블 옆에 앉는다*].

플리니. 고마워요, 만디. 실례했습니다. 아만다라고 불러야 했어요. [*왕의 옆에 앉는다*].

아만다. 그런 말 마세요, 자기야.

보아네르게스. 조용, 조용!

아만다. [*그에게 손 키스를 날린다*]!!

마그누스. 총리, 당신이 대답할 차례입니다. 왜 여러분 모두는 자신들의 헌법상 권리인 군주 접견권을 동시에 행사하여 나에게 큰 기쁨을 주는 겁니까?

리시스트라타. 저에게 그런 권리가 있다고요, 전하. 아니죠?

마그누스. 정말 의심할 여지 없이 있습니다.

리시스트라타. 듣고 있나요, 조?

프로테우스. 저는—

발부스. 제발 그녀에게 반박하지 마세요, 조. 이런 식으로는 전혀 진전이 없을 겁니다. 위기 상황에 대해 언급합시다.

니코바르. 그래, 그래요, 위기 상황!

크라수스. 그래, 그래요, 어서 해요!

플리니. 위기상황, 어서 말해요!

발부스. 최후통첩. 최후통첩으로 갑시다.

마그누스. 아, 최후통첩이 있군요! 어제저녁 신문에서 위기가 있다는 소식은 읽었어요, 또 다른 위기 말입니다. 그런데 최후통첩이라니 새롭네요. [프로테우스에게] 최후통첩을 가지고 있습니까?

프로테우스. 어제 전하께서 왕실의 거부권을 시사하신 것이 문제를 절정으로 몰았습니다.

마그누스. 아마 세심하지 못한 처신이었을 겁니다. 하지만 여러분 모두가 자신들의 권력, 즉 의회의 우위와 민중의 소리 등을 그렇게나 자유로이 시사해 대니, 나로서는 그나마 가지고 있던 세심함도 잃어버렸나 봅니다. 여러분이 청천벽력을 과시할 수 있다면, 나라고 해서 거부권이라는 작은 장난감 총을 어깨에 메고 잠시 으스대며 돌아다니지 말라는 법이 있습니까?

니코바르. 이건 농담할 일이 아닙니다—

마그누스. [재빨리 말을 가로막으며] 농담하는 게 아닙니다, 니코바르 씨. 하지만 나는 분명 우리의 의견 차이를 유쾌한 방식으로 논의해 보려고 하는 것입니다. 내가 참을성을 잃고 소란을 피우길 바랍니까?

아만다. 아, 제발 그러지 마세요, 전하. 그런 건 조한테서 충분히 겪었거든요.

프로테우스. 저는 이의—

마그누스. [총리의 팔을 설득력 있게 잡으며] 조심해요, 총리. 조심하세요. 꾀 많은 체신장관의 도발에 넘어가 당신이 스스로 불리한 증거를 드러내지 않도록 조심하세요.

나머지 사람들이 모두 웃는다.

프로테우스. [*차분하게*] 전하의 경고에 감사드립니다. 체신장관은 제가 자기를 해군장관으로 임명하지 않은 것을 절대 용서하지 않습니다. 아만다에겐 해군에 복무하는 조카가 세 명이나 있거든요.

아만다. 아, 당신은— [*욕설을 삼키고는 총리에게 주먹을 흔드는 것으로 만족한다*].

마그누스. 쯧쯧쯧! 점잖게, 아만다, 점잖게. 세 명 모두 아주 유망한 청년들이에요. 당신의 자랑거리입니다.

아만다. 저는 걔들이 바다로 나가는 걸 원치 않았습니다. 우체국에서 더 좋은 자리를 찾아 줄 수 있었거든요.

마그누스. 아만다의 가족 관계를 제쳐 두면 나는 똘똘 뭉친 내각과 마주하고 있는 셈이군요.

플리니. 아닙니다, 전하. 전하께서는 아웅다웅하는 내각과 마주하고 계십니다. 하지만 헌법적 문제에 대해선 뭉치면 살고 흩어지면 죽는다는 입장입니다.

발부스. 맞습니다.

니코바르. 옳소, 옳소!

마그누스. 헌법적 문제란 게 뭐지요? 국왕의 거부권을 부인하는 겁니까? 아니면 내가 거부권의 존재를 국민에게 상기시키는 점에만 반대하는 겁니까?

니코바르. 저희가 말하는 바는, 총리가 조언한 경우가 아니거나 총리가 읽고 승인한 말이 아니고는, 왕이 헌법에 관한 어떤 것도 국민에게 상기시킬 권리가 없다는 겁니다.

마그누스. 어느 총리 말이죠? 내각에는 총리가 너무 많아요.

보아네르게스. 그것 봐요! 다 자업자득이에요! 여러분은 부끄럽지 않습니까? 하지만 놀랍지도 않군요, 조제프 프로테우스. 솔직히 말해서 저는 총리답게 행동할 줄 아는 총리가 마음에 들어요. 왜 총리 당신은 매번 장관들이 당신보다 먼저 말하도록 놔두는 거죠?

프로테우스. 전하께서 입 다문 개들로 구성된 내각을 원하신다면 우리 당으로서는 그런 내각을 구성할 수 없습니다.

발부스. 옳소, 옳소, 조!

마그누스. 그런 일이 절대 없기를! 내각의 다양한 의견은 언제나 아주 배울 점이 많고 흥미롭습니다. 오늘은 누가 대변인이 될 건가요?

프로테우스. 전하께서 저를 어떻게 생각하시는지는 알고 있지만, 그래도—

마그누스. [총리가 말을 계속하기도 전에] 아주 솔직하게 말씀드리죠. 당신에 대한 내 생각은 이렇습니다. 언제 스스로 말해야 하고, 언제 다른 사람들이 대신 말하도록 해야 하는지, 언제 소란을 피우며 사임하겠다고 위협해야 하는지, 언제 오이처럼 차분해야 하는지를 당신만큼 잘 아는 사람이 없다는 점입니다.

프로테우스. [*전적으로 불쾌하지는 않은 듯*] 좋습니다, 전하. 제가 어떤 바보들이 생각하는 것만큼 바보는 아니길 바랍니다. 제가 항상 제 성질을 유지하지 못할 수는 있습니다. 하지만 제가 억눌러야 할 성질이 얼마나 많은지 전하께서 알게 되더라도 놀라지는 않으실 겁니다. [*몸을 곧추세우고는 인상적으로 웅변조가 된다*] 지금 이 순간 제 역할은 전하께 제 성질이 아니라 내각의 성질을 보여 드리는 것입니다. 외무장관과 재무장관, 내무장관이 전하께 말씀드린 것은 사실입니다. 저희가 전하의 정부를 운영해 나가려면, 전하께서 저희의 의견이 아니라 전하 자신의 의견을 드러내는 연설을 하시는 일이 있어서는 안 됩니다. 저희의 입법 활동에서 가치 있는 모든 것이 우리 내각의 공로가 아니라 전하의 공로라고 암시하시는 일도 있어서는 안 됩니다. 저희가 실수와 다툼만 일삼고 있는 동안, 거대 기업의 정치적 침범으로부터 국민을 지켜주는 단 하나의 보루가 전하의 거부권이라고 국민에게 말씀하시는 일도 있어서는 안 됩니다. 이런 일들은 최종적으로 금지되어야 합니다.

발부스.
니코바르. } 옳소, 옳소!

프로테우스. 제 입장이 분명히 드러났습니까?

마그누스. 내가 감히 그 점에 대해 여태껏 말해 본 것보다 훨씬 분명합니다, 프로테우스 씨. 다만 한 가지 점에서는 그렇지 않군요. 당신이 불평하는 이 모든 일들이 최종적으로 금지되어야 한다고 말할 때, 앞으로는 내가 당신들 뜻에 동의해야 한다는 뜻인가요, 아니면 당신들이 내 뜻에 동의해야 한다는 뜻인가요?

프로테우스. 전하께서 저희와 의견이 다를 때는, 그 의견을 혼자만 간직하고 계셔야 한다는 뜻입니다.

마그누스. 그것은 나에게 너무 무거운 책임이 될 것 같군요. 만약 여러분이 국민을 낭떠러지 끝으로 이끌고 가는 것을 내가 본다면 국민에게 경고도 못 한다는 말입니까?

발부스. 경고하는 것은 저희의 일이지 전하의 일이 아닙니다.

마그누스. 여러분이 그 일을 하지 않는다고 생각해 보세요! 여러분이 위험을 보지 못한다고 생각해 보세요! 그런 일이 일어난 적이 있습니다. 앞으로도 또 일어날 수 있고요.

크라수스. [넌지시 말하며] 민주주의자로서 생각해 보건대 우리는 그런 일이 일어날 수 없다고 가정하고 나아가야 합니다.

보아네르게스. 말도 안 돼! 누군가가 배짱 있게 단호히 나서서 중단시킬 때까지 그런 일은 늘 일어나고 있어요.

크라수스. 그래요. 알아요. 하지만 그건 민주주의가 아닙니다.

보아네르게스. 민주주의라니— [말을 끝내지 않는다]! 나는 민주주의를 30년간 경험했어요. 여러분 대부분도 마찬가지일 겁니다.

더 이상 말하지 않겠어요.

발부스. 제 생각에는 임금이 너무 높습니다. 요즘은 누구나 일주일에 5파운드에서 20파운드까지 벌 수 있고,* 일자리가 없을 때는 많은 실업 수당까지 받습니다. 자동차를 가질 여유가 있는데 어떤 영국인이 정치에 신경을 쓰겠습니까?

니코바르. 지난 선거에서 몇 명이나 투표했지요? 유권자 명부의 7퍼센트도 안 했어요.

발부스. 맞습니다. 그리고 그 7퍼센트도 여당, 야당 놀이를 하는 바보들 무리에 불과했어요. 크라수스가 말하는 방식으로 민주주의가 작동하려면 가난과 고난이 필요합니다.

프로테우스. [*단호하게*] 그런데 우리가 가난과 고난을 없앴습니다. 그래서 국민이 우리를 신뢰하는 것입니다. [*왕에게*] 그러니 전하께서도 저희에게 양보하실 수밖에 없습니다. 저희 뒤에는 편안한 생활을 하는 영국 국민이 있습니다. 탄탄한 중산층의 편안한 생활 말입니다.

마그누스. 아니에요. 우리는 가난과 고난을 없애지 못했어요. 우리

---

* 주당 임금: 1파운드는 20실링이며, 1실링은 12펜스이다. 토마 피케티의 '21세기 자본(장경덕 외 역, 글항아리, 2014)'에 따르면, 일차대전 전까지 파운드화의 가치는 거의 변동이 없었다고 한다. 당시 1파운드는 건강한 노동자의 주급 정도였다고 한다. 그러니 노동자의 연봉은 약 50파운드에 가깝다. 1899년 런던 조폐창에서 발행한 소버린(1파운드) 금화는 무게가 7.99그램중이며 순도는 91.7%였다. 이 금화를 금의 가치만으로 보면 7.99×0.917=7.33그램중=7.33×196,196원/그램중(2025년 11월 27일 국제 금 시세)=1,483,116원이다. 따라서 50파운드=50×148=7,190만 원이니 현재 우리나라 평균 노동자 연봉으로는 근사하지 않아 보인다.

의 대기업가들이 없앤 겁니다. 그런데 어떻게? 우리의 자본을 가난과 고난이 여전히 존재하는 곳, 다시 말해 노동력이 싼 해외로 보낸 덕분이지요. 우리는 그 자본 덕분에 들어오는 이익으로 편안하게 살고 있어요. 우리는 이제 모두 숙녀와 신사가 되었습니다.[*]

니코바르. 그럼, 더 무엇을 원하십니까?

플리니. 전하께서는 분명히 우리의 놀라운 번영을 못마땅해하시는 것은 아니겠지요.

마그누스. 나는 그것이 지속되길 바랍니다.

니코바르. 왜 지속되지 않겠습니까? [일어서며] 솔직히 인정하십시오. 전하께서는 국민이 가난하길 바라서 자신이 이들의 옹호자이자 구원자인 체하시려는 거지요. 우리 정부, 즉 전하께서 말다툼과 실수만 한다고 일컬으시는 정부 아래에서 국민이 더 잘산다는 것을 인정하기보다는 말입니다.

마그누스. 아니에요. 그런 표현을 쓴 사람은 총리였습니다.

니코바르. 말꼬투리 잡지 마세요. 총리는 저열한 어용 언론에서 그 말을 인용한 것입니다. 제 말은, 저희는 높은 임금을 지지하는데, 전하께서는 언제나 높은 임금을 주는 사람들을 깎아내리고 반대하신다는 겁니다. 그런데 유권자들은 높은 임금을 좋아합니다. 자신들이 언제 잘살고 있는지 알거든요. 그런데 전하가 무엇 때

---

[*] 식민지 등 빈곤한 나라의 노동자들이 제공하는 값싼 노동력 덕분에 영국민 대부분이 일하지 않고 사는 한량 계층이 되었다는 비아냥이 담긴 말이다.

문에 불평하시는지는 모릅니다. 그러니 전하께서 언제든 그들을 선동해서 우리에게 맞서게 하면 번번이 실패하실 겁니다. [*다시 자리에 앉는다*].

플리니. 그렇게까지 꼬집지 마세요, 닉. 우리는 모두 좋은 친구들입니다. 번영에 반대하는 사람은 아무도 없어요.

마그누스. 여러분은 이런 번영이 안전하다고 생각하나요?

니코바르. 안전하냐고요!

플리니. 이런, 전하! 정말로!

발부스. 안전하냐고요! 제 지역구를 보세요. 약 3백만 평 부지에 제과 공장들이 즐비한 버밍엄 북북동구를 말입니다! 크리스마스 크래커* 업계에서 버밍엄이 세계의 공장이라는 걸 아십니까?

크라수스. 게이츠헤드와 미들즈브러만 봐도 그래요! 지난 5년간 단 하루도 실업이 없었고, 매일 초콜릿 크림 생산량이 총 2만 톤에 이른다는 걸 아십니까?**

마그누스. 만약 국제연맹이 우리를 평화적으로 봉쇄한대도 우리가

---

* 크리스마스 크래커(Christmas cracker)는 실내용 작은 폭죽이 든 길쭉한 꾸러미로, 양쪽을 잡아당기면 '펑' 소리가 나며 안에 작은 선물, 종이 왕관, 농담(또는 수수께끼)이 들어 있다. 크래커의 농담은 진부하기로 유명하다.

** 게이츠헤드(Gateshead)와 미들즈브러(Middlesbrough)는 모두 잉글랜드의 북동부에 있는 도시로서, 전통적으로 석탄과 철광석, 제철, 조선 등의 중공업이 발달한 지역에 있다. 쇼가 두 도시를 언급한 것은 당시 영국의 주요 공업도시의 번영을 묘사하기 위한 것이다. 그런데 '초콜릿 크림 생산'은 실제 이 지역의 주력 산업과는 맞지 않으므로, 풍자적 표현이다. 앞에 나온 '약 3백만 평 부지에 제과 공장들이 즐비한 버밍엄'도 마찬가지이다.

초콜릿 크림으로 최소 3주는 버틸 수 있다는 건 확실히 위안이 되는 생각이군요.

니코바르. 과자를 비웃을 필요는 없습니다. 우리는 튼튼한 물건들도 많이 만들어 내니까요. 영국 골프채만큼 좋은 걸 어디서 찾으시겠습니까?

발부스. 도자기를 보세요. 새로운 크라운 더비! 새로운 첼시!* 태피스트리를 보세요! 아니, 그리니치 고블린**이 프랑스 제품을 시장에서 몰아냈다고요.

크라수스. 우리의 경주용 모터보트와 자동차를 잊으시면 안 됩니다, 전하. 지구상에서 가장 훌륭하고 모두 개별 설계된 것들입니다. 값싼 대량생산 제품 같은 게 아니고요.

플리니. 그리고 우리 가축도요! 영국산 폴로 경기용 말을 당해내실 수 있겠습니까?

아만다. 아니면 영국의 응접 하녀는 어떨까요? 모든 국제 미인 대회에서 우승하거든요.

플리니. 이제, 만디, 만디! 하찮은 얘기는 그만둬요.

---

* 크라운 더비(Royal Crown Derby)는 영국의 명품 도자기 브랜드이다. 첼시는 첼시 자기 제조소(Chelsea Porcelain Manufactory)를 말한다. 수식어 '새로운'은 두 공장에서 마련한 현대적인 생산 시설 혹은 제품을 말하는 모양이다.

** 그리니치 고블린(Greenwich Goblin)은 쇼가 지어낸 영국 태피스트리 브랜드명으로, 프랑스의 세계적 명품 태피스트리 제조소인 고블랭(Gobelins)을 연상시킨다. 영국 제품(Greenwich Goblin)이 프랑스 명품(Gobelins)을 시장에서 이겼다는 것은 영국 제조업의 번영을 과장하는 풍자적 표현이다.

마그누스. 영국의 응접 하녀가 여러분의 대차대조표상 유일한 실물자산일지도 모르겠군요.[*]

아만다. [의기양양하게] 아하! [플리니에게] 집에 가서 잠자리에 들면서 그 말씀을 곰곰 생각해 봐요, 어르신.

프로테우스. 그럼 전하? 세계에서 가장 임금을 많이 받는 노동자 계층이 우리 편에 있다는 것에 만족하십니까?

마그누스. [엄숙하게] 나는 혁명이 두려워요.

두 여자를 제외하곤 모두가 이 말에 방이 떠나가게 웃는다.

보아네르게스. 전하, 저도 웃는 사람들과 함께해야겠습니다. 저 역시 전하만큼 초콜릿 크림에 반대합니다. 초콜릿 크림은 제 체질에 맞지 않거든요. 하지만 영국에서 혁명이라니요!!! 그런 생각은 머리에서 지워 버리십시오, 전하. 설령 전하께서 트래펄가 광장에서 대헌장을 찢어 버리고, 스미스필드에 불을 질러서 하원 의

---

[*] 마그누스는 내각이 자랑하는 영국 제조업 제품들(골프채, 도자기, 자동차 등)보다 국제 미인대회 우승자인 영국 하녀가 실질적 가치가 더 있을지도 모른다고 풍자한다. 영국 산업의 허상을 지적하는 신랄한 비판이다.

원들을 모두 태워 죽인다 해도 혁명은 일어나지 않을 겁니다.[*]

마그누스. 나는 영국에서의 혁명을 생각한 게 아니었습니다. 우리에게 조공을 바치는 나라들을 생각한 것이에요. 그 덕에 우리가 살아가고 있으니 말입니다. 만약 그들이 조공 바치기를 멈추는 상황을 상상해 보세요! 그런 일은 전에도 있었거든요.[**]

플리니. 안 돼, 안 됩니다, 전하, 안 돼, 안 돼, 안 돼요. 우리와의 무역은 어떻게 되라고요?

마그누스. 궁지에 몰린다면 저들은 크리스마스 크래커 없이도 살아갈 수 있을 것 같은데요.

크라수스. 아, 그건 아이 같은 생각입니다.

마그누스. 때로는 천진난만한 아이들이 매우 현실적일 수가 있어

---

[*] 트래펄가 광장(Trafalgar Square)과 스미스필드(Smithfield)는 런던 중심부에 있다. 전자는 대표적 공공 광장으로 시위와 집회의 장소이고, 후자는 16세기 메리 1세 치세에 프로테스탄트들이 화형당한 곳이다. 보아네르게스는 영국 역사의 중심 장소를 언급하며, 왕이 설령 헌정 질서의 근간인 마그나 카르타를 공개적으로 찢고, 종교 탄압의 상징인 화형을 재현해 하원의원들을 모두 불태운다는 극단적 행위를 하더라도, 영국에서 혁명이 일어나지 않을 것이라고 주장한다. 영국인들의 체제 순응적 성향을 비꼰 표현이다.

[**] 영국의 금본위제는 1차대전 이후 막대한 통화량 팽창으로 일시 중단되었다. 그 후 1925년 회복되었다가 1931년 폐지되었다. 그 사이인 1928년경, 영국 왕으로서는 국가가 보유한 금은 제한됐지만 식민지의 값싼 노동력에 의존한 식민정책의 결과 임금이 계속 상승하는 게 심각한 고민거리가 아닐 수 없었을 것이다. 한편, 왕의 마지막 말은 1776년 미국의 독립을 떠올리게 한다. '대표 없는 과세는 없다'라는 구호로 촉발된 식민지의 세금 거부 운동이 미국을 독립으로 이끌었고, 그 후 미국은 영국에 대한 모든 세금(조공) 지급을 중단했다. 결국 이 사건으로 영국은 북미 식민지로부터의 수익을 대부분 상실했다.

요, 식민지장관. 높은 임금으로 여러분의 유권자들을 조용히 시키는 동안은, 핵심 산업들을 대기업가들에게 맡겨둔 결과 도달한 번영 비슷한 걸 보면 볼수록 나로선 더욱더 화산 위에 앉아 있는 기분입니다.

리시스트라타. [*여태껏 준엄한 경멸감을 느끼며 듣고 있던 그녀가 갑자기 음침한 저음으로 끼어든다*] 옳소, 옳소! 우리 부처는 스코틀랜드 북부의 조석력으로부터 전력공급을 해결할 준비가 완벽히 되어 있었는데, 당신들은 바보같이 그걸 펜틀랜드 해협 기업 연합에 넘겨 버렸어요. 우리가 일을 망치면서 아웅다웅하는 사이에 우리 국민의 비용으로 수십억 파운드를 벌어들일 외국 자본가 패거리에게 말입니다. 크라수스가 그 일을 했지요. 자기 삼촌이 회장이에요.

크라수스. 거짓말입니다. 새빨간 거짓말이에요. 그는 제 친척이 아닙니다. 제 의붓아들의 장인일 뿐이에요.

발부스. 일을 망치면서 아웅다웅한다는 말이 무슨 뜻인지 해명을 요구합니다. 우리는 오늘 여기서 그런 말을 지겹도록 들었습니다. 누구를 겨냥하는 겁니까? 공장법을 망친 건 제가 아닙니다. 제가 취임했을 때는 이미 법안이 책상 위에 놓여 있었고, 여백에는 전하의 모든 제안 사항이 적혀 있었어요. 당신도 알고 있잖아요.

프로테우스. 다들 전하께는 유리한 상황만 만들어 주면서 저를 곤경에 빠뜨리는 짓들은 이제 마쳤나요?

죄책감 어린 침묵.

프로테우스. [*신중하고 권위 있게 말을 이어 가며*] 우리 앞에 놓인 문제는 우리의 예의나 능력에 관한 것이 아닙니다. 전하께서 이런 문제를 추궁하시지는 않을 것입니다. 만약 그러신다면 저희로서는 전하 자신의 도덕성 문제를 제기할 수밖에 없기 때문입니다.

마그누스. [*움찔하며*] 뭐라고요!

발부스. 잘했어, 조!

크라수스. [*아만다에게 방백으로*] 제대로 걸렸군.

마그누스. 그 위협을 진지하게 받아들여야 하는 겁니까, 프로테우스 씨?

프로테우스. 만일 전하께서 순전히 헌법적인 문제*를 개인적 추문으로 덮으려 하신다면, 저희도 그 진흙을 되던져 주는 것은 충분히 쉬운 일입니다. 이 갈등에서는 저희가 도전자입니다. 무기를 선택할 권리가 전하께 있습니다. 만약 추문을 선택하신다면 저희도 그것으로 맞서겠습니다. 저로서는 전하께서 그렇게 하시면 유감스럽겠지만 말입니다. 우리의 더러운 빨랫감을 공개적으로 세탁하는 것은 아무에게도 도움이 되지 않습니다. 하지만 무슨 일이 일어날지에 대해 착각하지는 마십시오. 터놓고 말하자면 점하나 빠뜨리지 않겠습니다. 전하께선 크라수스가 이권 개입자라

---

* 순전히 헌법적인 문제란 왕의 거부권 행사 문제를 말한다.

고 말씀하실 것입니다.

크라수스. [벌떡 일어서며] 나를—

프로테우스. [사나운 기세로 그를 제압하며] 앉으세요. 이건 내가 해결합니다.

크라수스. [앉으며] 내가 이권 개입자라고! 이런!

프로테우스. [계속하며] 전하께선 제가 발부스 같은 강압적 인물에게 내무장관직을 주지 말아야 했다고 말할 것입니다—

발부스. [크라수스의 처지를 보고 위축되었지만 항의하고 싶은 마음을 억누를 수 없어서] 이봐요, 조—

프로테우스. 가만있어요, 버트. 사실이니까.

발부스. [어깨를 으쓱하고는 수그러든다]!

프로테우스. 그럼, 어떻게 될까요? 저희의 추문에 대해서는 부인도 변명도 변호도 하지 않을 겁니다. 전하께서 아무리 영리하게 함정을 놓아도 저희는 그런 덫에 걸리지 않을 겁니다. 크라수스는 단지 전하를 자유사상가*라고 할 겁니다. 그리고 발부스는 전하를 난봉꾼이라고 할 겁니다.

남성 장관들. [낮은 목소리로] 아하——아!!!

프로테우스. 이제, 마그누스 전하! 저희의 패를 다 공개했습니다. 뭐라고 하시겠습니까?

---

* 당시 영국에서 자유사상가(freethinker)는 전통이나 교리 등 속박에서 벗어나 독립적으로 생각하는 사람을 뜻했다. 왕이 전통적 종교관을 따르지 않는다고 공격하겠다는 말이기도 하다.

마그누스. 감탄할 만하게 말했군요! 주변에 이 모든 강한 인물들이 있는데도 당신이 어떻게 유일하게 가능한 총리로서 자리를 지키고 있는지 사람들은 묻습니다. 당신이 히스테리도 있고, 화도 잘 내고, 비밀도 많고, 끔찍이 게으르기까지 한데도 말입니다—

발부스. [몹시 기뻐하며] 옳소, 옳소! 이제야 제대로 하고 있어요, 조!

마그누스. [계속하며] 하지만 결정적인 순간이 오면, 사람들은 당신이 얼마나 훌륭한 사람인지 알게 됩니다.

프로테우스. 저는 훌륭한 사람이 아닙니다. 여기 있는 남녀 중에 제가 그들만큼 잘할 수 있는 일은 하나도 없습니다. 제가 총리인 이유는 모든 총리가 총리 된 이유와 같습니다. 다른 일에는 아무 소용이 없기 때문입니다. 하지만 저는 요점을 지킬 수 있습니다. 저에게 유리하면 말입니다. 더구나 전하께는 유리하거나 말거나 전하를 요점에서 벗어나지 않게 할 수 있습니다.

마그누스. 어쨌든 당신은 왕들에게 아첨하지는 않는군요. 적어도 한 명의 왕은 그 점에 대해 당신에게 감사하고 있어요.

프로테우스. 전하와 제가 잘 알고 있듯이 왕들은 신하들에게 아첨함으로써 그들을 다스립니다. 그리고 이제 전하가 유럽의 문명화된 절반 지역에 남은 유일한 왕이 되었으니, 조물주가 예전에는

여섯 명의 왕과 세 명의 황제, 그리고 한 명의 술탄*에게 나누어
주어야 했던 아첨하는 재능을 모두 전하께 몰아준 것 같습니다.

마그누스. 그런데 왕이 신하에게 아첨할 이유가 뭡니까?

아만다. 만약 장관이 외모가 빼어난 여성이라면요, 전하!

니코바르. 장관이 돈이 많은데 왕은 적다면요!

프로테우스. 만약 그가 총리이고 전하가 그의 조언 없이는 아무것
도 할 수 없다면요.

마그누스. [극도로 매력적으로 미소 지으며] 아, 바로 핵심을 짚었
군요. 그럼, 항복해야겠습니다. 나는 졌습니다. 여러분 모두 나보
다 훨씬 영리합니다.

보아네르게스. 그럼 이러한 인정보다 공정한 건 없겠군요.

플리니. [손을 비비며] 전하는 신사이십니다. 저희는 그것을 들추
지 않겠습니다.

발부스. 언제나 최고의 친구들이지요. 저는 쓰러진 사람을 발로 차
는 일은 절대 하지 않겠습니다.

크라수스. 저는 이권 개입자일지는 모르지만, 관대하지 못한 상대
라는 말은 듣지 않겠습니다.

보아네르게스. [갑자기 감정에 압도되어 일어서서 우렁찬 목소리로

---

* 일차대전(1914-1918)은 유럽의 정치 지형을 크게 바꿔 놓았다. 그 직전으로 보자
면 여섯 왕이란 영국, 스페인, 이탈리아, 네덜란드, 벨기에, 스웨덴의 왕을 말한 듯
하고, 세 황제란 독일, 오스트리아-헝가리, 러시아의 황제를, 한 명의 술탄은 오스만
제국의 술탄을 말한다.

노래를 부르기 시작한다)

옛 친구를 잊어야 하나
기억에서 지워야 하나—*

아만다가 걷잡을 수 없는 웃음을 터뜨린다. 왕이 그녀를 나무라는
듯 바라보며 웃음을 참으려 애쓴다. 다른 사람들이 합창에 가담하기
시작하자 프로테우스가 격분해서 일어선다.

프로테우스. 여러분 모두 취했습니까?

죽은 듯한 정적. 보아네르게스가 황급히 앉는다. 다른 가수들은 그
의 가창을 못마땅해했던 척한다.

프로테우스. 여러분은 현재 전하와 줄다리기를 하고 있습니다. 인
생을 건 줄다리기를요. 여러분은 이겼다고 생각하고 있습니다. 하
지만 그렇지 않습니다. 일어난 일이라고는 전하께서 줄을 놓으셨
다는 것뿐입니다. 여러분은 큰대자로 나자빠져 있고, 전하께선 여

---

* 스코틀랜드의 시인 로버트 번스(Robert Burns, 1759-1796)가 수집하여 정리한 시
에 스코틀랜드 전통 가락이 결합된 노래로, 우리에게는 '석별의 정'으로 알려졌다.
멜로디로만 보자면 앞머리인 '오랫동안 사귀었던 정든 내 친구여'에 해당하는 부분
이다.

러분을 비웃고 계십니다. 전하를 보세요! [가소롭다는 듯 않는다].

마그누스. [더 이상 즐거움을 숨기려 하지 않으며] 아만다, 나를 도와주시오. 당신이 나를 웃게 만들었으니 말이오.

아만다. [환하게 미소 지으며] 전하께서 저를 꼼짝없이 웃게 만드셨지요. [보아네르게스에게] 빌, 당신은 정말 바보예요.

보아네르게스. 이해가 안 됩니다. 전하께서 아주 멋지게 저희에게 양보해 주신 것으로 이해했는데요. 우리가 신사답게 승리를 받아들이면 안 되나요?

마그누스. 아마 내가 설명하는 게 낫겠군요. 나는 솔직하고 관대한 정신(영국 정신이라고 해도 될까요?)으로 나의 작은 양보를 받아들여 주신 것, 특히 보아네르게스 씨가 그렇게 해 주신 것을 매우 고맙게 생각합니다. 하지만 사실 그것은 상황을 그대로 둔 것입니다. 나는 총리가 제안한 것 같은 맞비난 캠페인을 벌이는 일은 꿈도 꾸지 않았기 때문입니다. 그가 여러분에게 상기시켜 준 대로 내 자신의 인격은 너무나 취약합니다. 왕에게는 훌륭한 인격이라는 사치가 허용되지 않습니다. 우리나라는 흠 없는 청과상을 수백만 명이나 배출했지만 흠 없는 군주는 단 한 명도 배출하지 못했습니다. 나는 셀 수도 없을 만큼 많은 종교 파벌을 다스려야 합니다. 그들을 공평하게 다스리려면 나는 어떤 종파에도 속하지 않아야 하는데, 그들은 모두 자기네 파에 속하지 않는 사람들을 무신론자로 여깁니다. 내 궁정에는 완벽히 존경받을 만한 아내들과 어머니들이 여러 명 있는데, 이들은 타락한 여자로 소문나는 것을 묘한 자랑거리로 여깁니다. 왕의 정부라는 평판을 얻기 위해서라면 그들은 자신들의 주장을 실현하여 불쌍한 군주에게 즐거움을 주는 것만 빼고는 거의 모든 일을 할 것입니다. 그들과 나란히 있는 존재는 정말로 파렴치한 여성들입니다. 이 여성들은 자기들의 평판을 너무 조심스럽게 지키는 바람에, 유혹에 넘어갔다는 소문에 대해서는 반드시 불같이 화를 내며 부인합니다. 사실은 그런 유혹을 전혀 받아 본 적도 없으면서 말입니다.[*] 따라서 모든 왕은 난봉꾼으로 여겨집니다. 아이러니하게도 왕의 인기 중 상당 부분이 이 평판 덕분이므로 왕은 이를 부인할 수 없습니다. 부인하면 국민이 크게 실망하기 때문입니다.

다소 음울한 침묵이 흐르고 그동안 왕은 격려가 되는 반응을 찾아 헛되이 둘러본다.

리시스트라타. [엄하게] 어떤 경우든 전하의 사생활은 저희와 상관없습니다.

---

[*] 왕은 평판을 높이려는 두 부류의 궁정 여인들에 대해 불평한다. 첫째는 정숙한 여인으로서 아무 일도 없었는데 있었다고 소문이 나기를 바라는 부류이다. 둘째는 파렴치한 여인으로서 자신의 평판을 지킨다는 명분으로, 받지도 않은 유혹을 거절했다고 분개하며 부인함으로써 오히려 왕과의 관계를 암시하는 부류이다. 당시 영국 상류사회에서 왕의 정부라는 소문 자체가 일종의 사회적 명성이 될 수 있었던 풍조를 풍자한 대목이다.

아만다. [억누를 수 없는 웃음으로 푸푸 소리를 낸다]!!

마그누스. [아만다를 나무라듯이 바라본다]!

아만다. [최대한 표정을 가다듬으며] 죄송합니다.

크라수스. 왕에게만 특정한 종류의 진흙이 항상 달라붙는 게 아니라는 점을 전하께서 인정하시기 바랍니다. 어느 바보가 진흙을 던지든 말입니다. 장관을 이권 개입자라고 부르기만 해 보십시오—

발부스. 혹은 무능한 자라고 하시든지요.

크라수스. 맞아요, 혹은 무능한 자라고 하시면 누구나 그걸 믿습니다. 이권 개입과 무능함은 우리가 아무리 정직하고 유능해도 달라붙는 두 종류의 진흙입니다. 그리고 저희에게는 전하께서 누리시는 왕실의 이점이 없습니다. 여성들이 전하의 인격을 더 많이 훼손할수록 백성들이 전하를 더 좋아한다는 그런 이점 말입니다.

보아네르게스. [갑자기 총리님, 체신장관이 왜 킥킥대고 있는지 말씀해 주시겠습니까?

아만다. 빌, 여기는 자유 국가예요. 유머 감각이 범죄는 아니에요. 그리고 전하께서 저를 웃게 만들지 않으실 때는 당신이 그렇게 하거든요.

보아네르게스. 농담이 어디 있습니까? 보이지 않는데요.

아만다. 빌, 당신이 농담을 볼 수 있었다면 오늘날같이 훌륭한 대중 연설가가 되지는 못했을 거예요.

보아네르게스. 다행히도 나는 누구라고는 안 하겠지만 어떤 사람처럼 주책없이 킥킥대지 않습니다.

아만다. 고마워요, 친애하는 빌. 이제 조, 우리를 충분히 풀어놔 주지 않았나요? 최후통첩은 어떻게 된 거죠?

마그누스. [아만다를 향해 고개를 흔들며] 배신자!

프로테우스. 저는 서두르지 않습니다. 전하의 연설은 매우 지혜롭고 흥미로우며, 여러분의 말대꾸는 여러분과 전하 모두를 즐겁게 합니다. 하지만 최후통첩은 계속 여기에 있습니다. 그리고 저는 전하께서 통첩에 담긴 조건들을 지키겠다는 약속에 서명하실 때까지 이 방을 떠나지 않겠습니다.

모두가 심각하게 주목한다.

마그누스. 조건이 뭡니까?

프로테우스. 첫째, 더 이상 왕의 연설은 없습니다.

마그누스. 뭐라고! 여러분이 원고를 써 준대도?

프로테우스. 저희가 원고를 써 준대도 안 됩니다. 전하께서는 원고를 펼쳐 들고 윙크하는 버릇이 있어서—

마그누스. 윙크라고!

프로테우스. 전하께선 무슨 뜻인지 아십니다. 아무리 좋은 연설문이라도 어떻게 읽느냐에 따라 청중들의 웃음거리가 될 수 있습니다.[*] 우리는 그런 걸 충분히 겪었습니다. 따라서 앞으로 연설은 금지입니다.

마그누스. 말 못 하는 왕이라는 말이오?

프로테우스. 물론 "우리는 이 초석이 잘, 그리고 올바르게 놓였음을 선언한다" 같은 연설에는 반대할 수 없습니다. 하지만 정치적으로는 그렇습니다. 말 못 하는 왕입니다.

플리니. [*부드럽게 하려고*] 입헌군주지요.

프로테우스. [*단호하게*] 말 못 하는 왕입니다.

마그누스. 흠! 다음은 뭡니까?

프로테우스. 왕궁 뒷계단을 통한 언론 작업은 중단되어야 합니다.

마그누스. 내가 언론을 통제하지 못한다는 것을 당신도 알고 있습니다. 언론은 나보다 훨씬 부유한 사람들의 손아귀에 있어서 자기네 이익에 반하는 내용이라면 내가 직접 서명해서 왕명과 함께 보낸다 해도 한 문단도 실어 주지 않을 겁니다.

프로테우스. 그건 압니다. 하지만 그 부자들이 전하보다 부유할지는 몰라도 더 영리하지는 않습니다. 그들은 특종 궁중 뒷계단 이야기로 양념을 친 재미있는 기사들을 받는데 이게 그들 눈에는 정치와는 아무 상관 없어 보입니다. 나중에 그들이 알게 되는 것은 자기들이 아끼는 주식이 15포인트나 떨어졌다는 점이며, 자본

---

[*] 정부가 연설문을 작성해 줘도, 왕이 읽는 방식(윙크, 억양, 표정 등)을 통해 연설의 내용을 조롱하거나 그 진지함을 훼손시켜 정부 정책을 무력화할 수 있다는 뜻이다.

이 자기네 최고의 투자 설명서를 기피한다는 점이며, 우리 당의 정강에 포함된 일부 최고 법안들이 런던 금융가의 이권 사업처럼 보이게 된다는 점입니다.

마그누스. 내가 그런 기사들을 쓴다는 말입니까?

니코바르. 전하의 부하 셈프로니우스가 쓰지요. 50개 칼럼 중에서도 그의 문체를 금방 알아볼 수 있습니다.

크라수스. 저도 그렇습니다. 그가 저를 공격할 때는 늘 "특이하게도"로 문장을 시작하거든요.

플리니. [킬킬 웃으며] 그게 그의 등록상표지요. "특이하게도." 하! 하!

마그누스. 반대편에는 아무 제약이 없습니까? 예를 들어 왕실을 비방할 기회를 놓치지 않는 어떤 신문에서 사설의 마지막 문장이 거의 언제나 "최종적으로"로 시작하는 것을 알아챘는데요. 이건 누구의 등록상표입니까?

프로테우스. 제 것입니다.

마그누스. 솔직하시군요, 프로테우스 씨.

프로테우스. 언제 솔직해야 할지 압니다. 그 기술은 전하께 배운 것입니다.

아만다. [웃음을 참으려 애쓴다]!

마그누스. [부드럽게 나무라듯] 아만다, 이번엔 뭐가 우습습니까? 처신이 실망스럽군요.

아만다. 조가 솔직하다고요! 그가 무슨 속셈인지 알아내려면 제가 전하께 와서 여쭤봐야 할 정도인데요.

리시스트라타. 정말 그래요. 이 내각에는 정책 같은 건 없어요. 모든 사람이 자신만을 위해 놉니다.

니코바르. 카드 게임 같아요.

발부스. 동반자가 없는 것만 다르죠.*

리시스트라타. 크라수스와 니코바르를 빼고는요.

플리니. 잘했어, 리지! 히! 히! 히!

니코바르. 무슨 뜻이요?

리시스트라타. 무슨 뜻인지 잘 알면서요. 니코바르, 언제쯤 배울 겁니까? 나를 윽박질러 봐야 소용없다는 걸요. 나는 여교사로 시작했거든요. 이 내각 안이든 밖이든, 나와 그런 식으로 경쟁하려고 할 만큼 바보 남자라면 누구에게라도 윽박지를 수 있다고요.

보아네르게스. 조용! 조용! 총리는 이렇게 꼴사나운 인신공격을 제지할 수 없는 겁니까?

프로테우스. 생각할 시간을 주는군요, 빌. 당신도 저만큼 의회 경험을 쌓으면 가끔 이렇게 중단해 주는 게 얼마나 고마운지 알게 될 겁니다. 계속해도 될까요?

침묵.

---

* 이 내각에서는 모든 장관이 각자도생하고 있다는 뜻이다.

프로테우스. 전하께서는 언론 캠페인에 대한 제재가 완전히 일방적인 것인지 묻고 계십니다. 그게 전하의 질문인 걸로 아는데요.

마그누스. [고개를 *끄덕이며 동의한다*]!

프로테우스. 답은 그렇다는 것입니다.

발부스. 좋아요!

마그누스. 더 할 말이 있나요?

프로테우스. 예, 하나 더 있습니다. 거부권에 대해서는 다시 언급하지 마셔야 합니다. 원하신다면 이 제한은 양쪽 모두에게 적용될 수 있습니다. 거부권은 이제 죽었습니다.

마그누스. 그 시체에 대해서는 역사적 사례로도 언급할 수 없나요?

프로테우스. 안 됩니다. 약속을 하고는 그것을 이행할 수 없으면 저로선 왕의 정부를 이끌어 갈 수 없습니다. 왕이 의회의 모든 결정에 거부권을 행사할 수 있다는 것을 우리 유권자들이 매일 상기한다면 제 약속이 무슨 의미가 있습니까? 제가 약속을 요구받을 때마다 "왕께 물어보세요"라고 말하기를 바라십니까?

마그누스. 나는 "총리에게 물어보세요"라고 해야 하고요.

플리니. [*왕을 위로하며*] 아시겠지만 그게 헌법이니까요.

마그누스. 맞습니다. 나로선 다만 총리가 실제로는 거부권을 죽이고 싶어 하는 게 아니라는 점을 알려 주기 위해 말한 것일 뿐입니다. 총리는 단지 그것을 옆집으로 옮기고 싶어 할 뿐이지요.

프로테우스. 국민이 옆집에 살고 있습니다. 문패에는 '여론'이라고 적혀 있고요.

마그누스. [*엄숙하게*] 훌륭한 표현이군요, 총리. 하지만 현실적이지 않습니다. 나는 당신보다 훨씬 더 여론에 좌우됩니다. 왜냐하면 민주주의에 대한 일반적인 믿음 덕분에 당신은 자신이 하는 일이 늘 국민의 의지에 따른 것인 척할 수 있기 때문입니다. 당연한 말이지만 국민은 당신이 하는 일을 꿈에도 생각해 본 적이 없고 꿈을 꾸었다 해도 이해하지 못했을 것입니다. 반면 왕이 하는 일에 대해서는 왕 자신만이 책임을 져야 합니다. 울타리 너머 있는 말을 선동정치가는 훔칠 수도 있는데, 왕은 바라볼 수조차 없어요.

리시스트라타. 그것이 더 이상 사실인지 의심스럽습니다, 전하. 실제로 제 부처에서 잘못되는 모든 일에 대해서는 제가 비난받고 있거든요.*

마그누스. 아! 하지만 당신은 거기서 얼마나 독재자입니까, 리시스트라타! 하지만 국민이 이미 오래전에 알아냈다고 칩시다. 민주주의가 겉치레일 뿐이며 책임정치를 확립하는 대신 파괴했다는 것을요. 이게 무엇을 의미하는지 모르시겠습니까?**

---

* 왕이 자신은 정치인보다 더 여론에 좌우되니 무척 고달프다고 신세타령을 하자, 리시스트라타가 이에 반감을 느끼고는, 자기도 부처의 모든 실수에 대해 비난받는다고 대꾸한다.

** 왕은 '민주주의가 실패하고 정치인들이 책임을 회피한다는 것을 국민이 알았다면, 거부권을 없애는 것이 옳은가? 오히려 왕의 권한이 더 커야 하는 것 아닌가?'라고 장관들에게 반문하는 듯하다.

보아네르게스. [*분개해서*] 잠깐, 잠깐! 저로선 여기 앉아서 민주주
의가 겉치레일 뿐이라고 하는 그런 말을 듣고 있을 수가 없습니
다. 죄송하지만, 전하, 전하에 대한 모든 존경심을 갖고서도 저는
정말로 거기에서 선을 그어야겠습니다.

마그누스. 당신 말이 맞습니다, 보아네르게스 씨, 언제나 그렇듯이
말이지요. 민주주의는 매우 현실적인 것이며 다른 오래된 제도들
보다 겉치레가 훨씬 적습니다. 하지만 민주주의가 의미하는 것은
국민이 통치한다는 것이 아닙니다. 민주주의는 이제 책임과 거부
권이 국왕에게도 선동정치가에게도 속하지 않아서 이 둘을 획득
할 만큼 영리한 누구에게든 속한다는 것을 의미합니다.

리시스트라타. 예를 들어, 전하 자신 말입니까?

마그누스. 나는 경쟁에 참여하고 있다고 봅니다. 바로 그 점 때문
에 이 최후통첩을 받아들이고 싶지 않은 것입니다. 거기에 서명
하면 나 자신을 경쟁에서 제외하게 됩니다. 왜 그래야 하지요?

발부스. 전하께서 왕이기 때문입니다. 그게 이유입니다.

마그누스. 그것이 당연한 결론일까요?

프로테우스. 두 사람이 같은 말을 타면 한 사람은 뒤에 타야 합니다.

리시스트라타. 누가요?

프로테우스. [*그녀를 향해 날카롭게 몸을 돌리며*] 지금 뭐라고 했습
니까?

리시스트라타. [*차분하면서도 강인한 고집을 담아, 게다가 노골적으*

로 *비꼬는 듯이* 누가요?라고 했습니다. 두 사람이 같은 말을 탄다면 그중 한 사람은 뒤에 타야 한다면서요. 나는 누가요?라고 했습니다. [*설명하듯이*] 어떤 사람이 뒤에 타야 합니까?

아만다. 이해했나요, 조?

프로테우스. 바로 그것이 여기서 당장 결정되어야 할 문제입니다.

아만다. "최종적으로."

프로테우스는 자신을 제외하고 모든 사람이 웃는 가운데 분노에 차서 일어선다.

프로테우스. 이런 끝없는 바보짓을 참을 수 없습니다. 국민이 진지해질 수 있는 것이라고는 축구와 다과뿐인 나라의 총리가 되느니 차라리 개가 되는 편이 낫겠습니다. 모두 전하에게 아첨이나 하세요. 당신들에게 어울리는 거라곤 그것뿐이니까요. [*그가 방을 뛰쳐나간다*].

발부스. 이제 일을 저질렀군요, 만디. 스스로가 자랑스럽기를 바랍니다.

마그누스. 가서 그를 달래어 돌아오게 해야 할 사람은 당신입니다, 아만다. 하지만 평소처럼 내가 직접 해야 할 것 같군요. 실례하겠습니다, 숙녀와 신사 여러분.

그가 일어선다. 나머지도 모두 일어선다. 그가 나간다.

보아네르게스. 내가 말했잖소. 전하와의 회담을 마치 흡연 콘서트
처럼 격식 없이 진행하면 어떤 일이 벌어질지를 말이오. 정말 역
겹군요. [*그가 의자에 몸을 던지듯 앉는다*].

발부스. 우리가 바로 그 늙은 여우를 궁지에 몰아넣었는데 아만다
가 바보 같이 웃음을 터뜨리는 바람에 그가 빠져나가고 말았어
요. [*그가 앉는다*].

니코바르. 이제 어떻게 해야 하지? 그게 알고 싶어.

아만다. [*제멋대로인 체*] 다 같이 노래나 부릅시다. [*지휘자처럼 손
짓한다*].

니코바르. 쳇!! [*몹시 골이 나서 앉는다*].

아만다. [*나지막이 푸푸 하고 웃음소리를 내며 앉는다*]!

크라수스. [*심각한 체*] 진정하세요, 동료 여러분. 조는 자기가 뭘 하
고 있는지 알고 있어요.

리시스트라타. 물론 그렇지요. 빌, 당신으로서야 내각에 처음 출근
하는 날이니 난 당신을 이해할 수 있어요. 하지만 나머지 여러분
이 아직도 조의 분노가 언제나 계산된 것이라는 걸 모르겠다면,
그럼 어떤 존재도 여러분에게 무언가를 가르칠 수 없을 거예요.
[*얕잡아 보는 표정으로 앉는다*].

보아네르게스. [*매우 위엄 있는 말투로*] 좋아요, 부인, 내가 풋내기

인 건 알고 있어요. 모든 것은 시작이 있는 법이지요. 나는 논쟁과 설득에 열려 있어요. 내가 인정하기로는, 총리는 이 회담을 매우 유능하고 단호한 방식으로 결정 직전까지 이끌었어요. 그런데 유치하게 화를 내면서 회담을 깨 버리고, 아무것도 해결하지 못한 채 우리를 바보로 만들어 놓았어요. 그런데 당신은 그가 일부러 그랬다고 말하다니요! 그런 행동으로 그가 얻은 이점이 뭐란 말이오? 대답해 보세요.

리시스트라타. 그는 우리 등 뒤에서 전하와 모든 일을 해결하고 있어요. 바로 그게 조가 무슨 수단을 쓰든 늘 해내는 일이에요.

플리니. 만디, 이게 당신이 조와 미리 짜 놓은 건 아니지요?

아만다. 미리 짤 필요가 없었어요. 조는 우리 중 누군가가 자신이 화를 내며 나갈 핑곗거리를 만들어 주리라는 걸 늘 믿을 수 있거든요.

크라수스. 제 생각으로는, 숙녀와 신사 여러분, 우리는 할 일을 다 했으니 나머지는 조에게 맡겨도 될 것 같습니다. 상황이 내각과 왕실 사이에서 결판을 내야 할 지점에 이르렀으니까요. 두 명으로 구성된 위원회보다 나은 위원회가 단 하나 있다면, 그건 한 명으로 구성된 위원회입니다. 워즈워스의 시에 나오는 가족처럼,

우리는 일곱—*

리시스트라타. 여덟.

크라수스. 뭐, 일곱이든 여덟이든, 마지막 대결에 나서기에는 우리
가 너무 많았어요. 요점에 집중하는 둘이, 여기저기 흩어진 여덟
보다 나으니까요. 그러니 내 말은 조가 돌아와서 무엇이 결정되었
는지 말해 줄 때까지 여기서 조용히 앉아 있자는 겁니다. 아마 아
만다가 노래 한 곡 해 줄지도 모르고요. [*그가 자리에 다시 앉는다*].

왕이 프로테우스와 함께 돌아온다. 프로테우스는 침울해 보인다.
모두 일어선다. 두 사람이 말없이 자리에 앉는다. 나머지도 앉는다.

마그누스. [*매우 엄숙하게*] 총리께서 나와 개인적으로 논의를 계속
해 주신 덕분에 이제 쟁점이 명확해졌습니다. 내가 최후통첩을
받아들이지 않으면 여러분과 총리의 사임을 받게 될 것이고, 국
민은 하원에서 총리의 해명 연설을 통해 내각 통치와 군주 통치
중 하나를 선택해야 한다는 사실을 알게 될 것입니다. 이런 논쟁
에 대해 솔직히 말하자면 나로선 이기는 것을 매우 유감스럽게

---

* 윌리엄 워즈워스(William Wordsworth)는 시 '우리는 일곱이다(We Are Seven)'에서
화자가 8살 소녀와 대화하는 장면을 담았다. 소녀는 자신의 형제자매가 일곱 명이
라고 주장하지만, 그중 두 명은 이미 죽어서 교회 묘지에 묻혀 있다. 어른인 화자는
살아 있는 사람만 세어야 한다고 보지만, 아이는 죽은 형제자매도 여전히 가족의
일원이라고 여긴다. 여기서 크라수스는 방을 나간 프로테우스를 빼고 일곱이라고
말했고, 리시스트라타는 프로테우스도 포함해서 여덟이라고 정정한 것이다.

생각할 수밖에 없습니다. 영국 국민에게 자치정부라는 느낌을 주는 내각의 지지 없이는 국정을 운영할 수 없기 때문입니다.

아만다. [푸푸 하며 웃음을 터뜨린다]!

크라수스. [속삭이며] 제발 조용히 해 줄래요?

마그누스. [계속해서] 당연히 나로서는 성공해도 스스로에게 손해가 되고, 실패하면 스스로를 무력하게 만들 갈등을 피하고 싶습니다. 하지만 여러분은 내가 그렇게 할 수 있는 방법은 나를 궁내 대신에 불과하게 만들어 버릴 서약서에 서명하는 것뿐이라고 말합니다. 그것도 극장에 대해 행사하는 검열권조차 없는 궁내 대신* 말입니다. 나로서는 국민 중 가장 미천한 자보다도 못한 수준으로 떨어져야 하고, 가진 특권이라곤 실정(失政)의 희생자가 복수하기 위해 암살에 의존할 때 총알에 맞을 특권뿐일 것입니다. 나는 스스로를 어떻게 방어할 수 있습니까? 여러분은 많은데 나는 혼자서 여러분을 상대해야 합니다. 한때는 왕이 귀족과 교양 있는 부르주아지의 지지에 의존할 수 있었습니다. 오늘날 정치에 남아 있는 인사로 귀족은 한 명도 없고, 전문 직업인도 없고, 대기업이나 금융계의 주요 인물도 없습니다. 귀족과 부르주아지는 그 어느 때보다 부유하고, 그 어느 때보다 강력하며, 그 어느 때

---

* 궁내 대신의 주요 업무 중 하나는 왕을 대신해서 희곡을 미리 읽고 검열하는 것이다. 이전에 쇼는 희곡 '워렌 부인의 직업'을 썼다가 궁내대신의 검열로 심각한 피해를 경험한 적이 있다. 궁내대신의 연극 검열권은 1968년 폐지되었다. 여기서 왕은 자신이, 검열권을 행사하는 궁내대신만도 못한 신세가 될 것이라고 말하는 것이다.

보다 유능하고 더 잘 교육받았습니다. 하지만 그들 중 누구도 정부의 이런 고된 업무에는 손대려 하지 않습니다. 한 가지 일을 마치면 열 가지 새로운 일이 생기기 때문에 절대로 끝나지 않는 이런 공적 업무에는 말입니다. 우리는 그 일로 감사를 받지도 못합니다. 일의 99퍼센트는 국민이 모르는 일이고, 나머지 1퍼센트는 자신들의 자유를 침해하거나 세금을 증가시키는 일로 여겨져 원망받기 때문입니다. 이 일은 아무리 강한 남자도, 심지어 아무리 강한 여자도 5, 6년 안에 지치게 만듭니다. 우리가 휴가에서 돌아와 생기 넘치고 일을 감당할 능력이 최고일 때는 일이 거의 없다가, 과로로 신경쇠약 직전에 이르러 휴식과 잠만 필요한 상태일 때는 예기치 못한 재앙으로 말미암아 압도적인 파도처럼 몰려옵니다. 게다가 이 고된 일은 저임 노동, 즉 지금 이 나라에 남은 유일한 저임 노동이란 점을 기억하세요. 내가 받는 왕실 수당은 나를 억만장자들 가운데 한 명의 가난한 남자로 남겨 두었습니다. 뛰어난 조직력이나 행정 능력을 갖춘 사람이라면 누구든지 금융계에서 여러분 급여의 열 배는 벌 수 있습니다. 양털 의자*를 버리고 금융계 이사회로 옮긴 최초의 대법원장이 국민을 놀라게 했다고 역사가 우리에게 말해 줍니다. 오늘날에는 그런 능력을 갖춘 사람이 자신의 야망을 위한 디딤돌로 양털 의자를 사무 보조

---

* 양털 의자(woolsack)는 양모로 둘러싼, 상원의장의 의자를 말한다. 당시엔 사법부 수장인 대법원장(정확한 표현은 대법관(Lord Chancellor))이 상원의장을 겸했지만, 2006년 제도 개혁으로 두 역할이 분리되었다.

원의 의자보다도 선호하는 것을 값지다고 여긴다면, 국민이 똑같이 놀랄 것입니다. 우리의 일은 이제 존경받지도 못합니다. 우리나라의 천재들은 그것을 더러운 일이라고 낮춰 봅니다. 어떤 위대한 배우가 자신의 무대를 버리겠습니까? 어떤 위대한 변호사가 자신의 법정을 버리겠습니까? 어떤 위대한 설교자가 자신의 설교단을 버리겠습니까? 우리가 의회에서는 어리석은 당파들과, 선거구에서는 무지한 유권자들과 씨름해야 하는 이 정치적 격투기장의 너저분함을 차지하기 위해서 말입니다. 과학자들은 우리와 아무런 관계를 맺으려 하지 않습니다. 정치의 분위기는 과학의 분위기가 아니기 때문입니다. 심지어 정치학이라는 학문, 즉 문명이 살아남느냐 죽느냐를 좌우하는 학문조차 우리가 현재와 씨름해야 하는 동안 과거를 설명하느라 바쁩니다. 이것은 우리 뒤의 풍경 구석구석은 환하게 비춰 주면서 우리 발 앞의 땅은 캄캄한 어둠 속에 남겨 둡니다.* 나라의 모든 인재와 천재는 불로소득의 홍수에 매수되어 버렸습니다. 그 독이 든 부에 의존하여 인재와 천재는 부자들을 섬기면서 나라를 섬기는 우리보다 훨씬 더 호화롭게 삽니다. 한때 능력과 공공 정신과 야망을 위한 중심 무대였던 정치는, 이제 웅변과 당파적 음모를 즐기는 소수 애호가의 피난처가 되었습니다. 이 애호가들은 실무능력의 부족이나, 상대적

---

* 정치학(political science)이 과거 분석에만 몰두하고 현실적 문제 해결에는 도움이 되지 않는다는 신랄한 비판이 담긴 말이다.

빈곤과 교육 부족, 또는 서둘러 덧붙이자면, 억압과 부정에 대한 증오, 그리고 상업화된 전문직의 속임수와 거짓 핑계에 대한 경멸감 때문에 다른 모든 출세의 길이 막혀 있음을 발견한 사람들입니다. 역사는 우리에게 이런 사람들이 통치하기에 적합하지 않다고 선언한 한 신사 계급 출신 정치가에 대해 말해 줍니다. 그가 선언한 지 한 해도 안 되어 그들이 적어도, 그 일을 맡도록 설득될 수 있는 다른 누구만큼은 잘 통치할 수 있다는 것이 밝혀졌습니다. 그때부터 구 지배층이 정치를 포기하기 시작했는데, 그 결과 보수든 진보든 모든 내각은 그 경솔한 정치가가 활동하던 시대에 노동 계층 내각이라고 불리던 것이 되고 말았습니다. 나를 오해하지 마십시오. 나는 구지배층이 돌아오기를 바라지 않습니다. 그들은 너무 이기적으로 통치해서 민주주의가 그들을 정치에서 쓸어 버리지 않았다면 국민이 멸망했을 것입니다. 하지만 여러 면에서 사악했음에도 그들은 적어도 대중의 무지와 빈곤이 빚어내는 폭정*보다는 우위에 있었습니다. 오늘날에는 왕만이 그 폭정보다 우위에 있습니다.** 여러분은 이것에 위험할 정도로 예속되어 있습니다. 나의 촉구와 간언에도 불구하고 여러분은 아직 우리 학교들을 통제할 엄두를 내지 못하는 바람에, 모든 전진하는 길을 가로막는 돌담처럼 서 있는 미신과 편견이 여러분의 불

---

* 선동에 쉽게 넘어가는 대중이 올바른 정치를 방해한다든지, 가난한 사람들의 절망적 요구가 정치인들을 단기적 정책으로 내몬다든지 하는 것을 뜻하는 듯하다.
** 현재는 왕을 제외한 모든 정치인이 대중의 폭정에 굴복했다는 뜻이다.

행한 아이들에게 주입되는 것을 멈추지 못했습니다. 대중의 노예 상태인 여러분이 나를 그런 노예 상태로 전락시키려 하는 것이 현명한 일입니까? 대중에 휘둘리는 정치가들보다 우위에 있지 않다면 나로선 더 이상 존재할 이유가 조금도 없습니다. 나는 미래와 과거를 대변하며, 아직 투표권을 갖지 않은 후대를 대변하며, 결코 투표권을 가져 본 적이 없던 선대를 대변하며, 위대한 추상적 개념들을 대변하며, 양심과 덕을 대변하며, 임시방편에 맞서는 영원한 원리를 대변하며, 당장의 탐식에 맞서는 장구한 식욕을 대변하며, 지적 성실성을 대변하며, 인간애를 대변하며, 상업주의에서 산업을, 전문 직업주의에서 과학을 살려내는 것을 대변하며, 여러분이 나만큼 진심으로 바라지만 언론에 의해 제한되고 마는 모든 것을 대변합니다. 투표하는 군중이 지닌 무지와 미신을, 소심함과 맹신을, 속기 쉬움과 위선적 정숙함을, 증오 본능과 사냥 본능을 조직화하여 여러분에게 맞설 수 있는 언론 말이며, 언론을 사유화하고 있는 협잡꾼들을 놀라게 하거나 불쾌하게할 말을 여러분이 한마디라도 하면 여러분을 권력에서 끌어내릴수 있는 그런 언론 말입니다. 여러분과 대중의 폭정 사이에는 왕좌가 서 있습니다. 나는 두려워할 선거가 없습니다. 그리고 만약어떤 신문 거물이 감히 나를 불쾌하게 한다면, 그 거물의 사교적인 아내와 결혼 적령기 딸들이 곧 그에게 왕의 불쾌감이 여전히 세인트 제임스 궁전 부근*에서는 사회적 사형 선고라는 점을 이해시켜 줄 것입니다. 여러분이 감히 하지 못하는 일들을 생각해 보십시오! 여러분이 감히 거스르지 못하는 인물들을 생각해 보십시오! 그런데 조금의 용기를 가진 왕이라면 여러분을 위해 그들과 맞설 수 있습니다. 여러분의 등을 부러뜨릴 만한 책임들도 여전히 왕의 어깨로 버텨 낼 수 있습니다. 하지만 그는 왕이어야지 꼭두각시여서는 안 됩니다. 꼭두각시에 대해서는 여러분이 책임을 져야 할 것입니다. 그 점을 잊지 마세요. 하지만 여러분이 나를 왕국의 독립된 별개 지위로 계속 지지하는 한 나는 여러분의 희생양입니다. 여러분은 우리의 모든 인기 있는 입법 행위의 공로를 차지하는 반면에, 무지한 대중의 아우성에 대한 우리의 모든 저항으로 말미암은 반감은 나에게 떠넘기면 되는 것입니다. 마지막 패를 내밀어 나를 파멸시키기 전에 내가 없으면 여러분은 어디에 있게 될지 생각해 보시기 바랍니다. 한 번 생각해 보십시오. 두 번 생각해 보십시오. 여러분의 위험은 내가 여러분을 이길 수 있다는 데 있는 게 아니라, 여러분이 고집하면 여러분의 성공이 확실하다는 데 있기 때문입니다.

리시스트라타. 훌륭합니다!

---

* 세인트 제임스 궁전(St James's Palace)은 1698년 화이트홀 궁전이 화재로 소실된 후 주요 왕궁이 되었으나, 1837년 빅토리아 여왕이 버킹엄 궁전을 주 거처로 선택하면서 왕실의 중심지가 옮겨갔다. 하지만 여전히 공식 왕궁으로 남아 있으며 버나드 쇼 시대에도 부근에 귀족층이 많이 살고 있었다.

아만다. 정말 아름답게 연설하셨어요, 전하.

발부스. [투덜거리며] 다 좋은데, 우리 처남 마이크는 어쩌고요?

리시스트라타. [격노하여] 아, 당신 처남 마이크 얘기는 집어치워요!

보아네르게스. 조용! 조용!

리시스트라타. [왕에게] 죄송합니다, 전하. 하지만 정말, 이런 순간에—[할 말을 잃는다].

마그누스. [발부스에게] 발부스 씨, 내가 강경하게 나서지 않았다면 총리는 당신의 처남을 내각에서 배제할 수 없었을 겁니다.

발부스. [공격적으로] 그런데 왜 그 사람이 내각에 있으면 안 된다는 겁니까?

아만다. 술 때문이지, 발비. 술! 술을 너무 많이 마시니까!

발부스. [윽박지르며] 누가 그런 소리를 합디까?

아만다. 내가 해요, 자기야.

발부스. [수그러들며] 글쎄요, 마이크가 나보다 술을 덜 마신다는 걸 알면 여러분 모두 놀랄 거예요.

아만다. 당신은 술을 더 잘 견뎌 내잖아요, 버트.

플리니. 마이크는 마시는 일을 언제 멈춰야 하는지 모르거든요.

크라수스. 내 생각엔 마이크가 멈춰야 할 때는 시작하기 전입니다.

리시스트라타. [맹렬하게] 당신네 남자들은 도대체 어떤 동물입니까? 전하께서 우리가 다뤄야 할 가장 심각한 원칙 문제를 제시하셨는데, 여러분은 그 술주정뱅이가 발부스처럼 순수한 위스키를 마시는지, 아니면 변성 알코올이나, 휘발유나, 마시고 싶은 충동이 일어났을 때 손에 닿는 아무거나 들이키는지를 논의하기 시작하는군요.

발부스. 나는 그 말에 동의합니다. 마이크가 뭘 마시든 무슨 상관입니까? 마시든 안 마시든 무슨 상관이냐고요? 마이크는 국내 최대 기업체인 파손 주식회사를 대표하니 내각을 굳건히 할 겁니다.[*]

리시스트라타. [*자제심을 잃고*] 바로 그거죠! 파손 주식회사! 바로 그거예요! 제 말을 들어 보십시오, 전하. 더구나 방금 전하께서 말씀하신 모든 것을 제가 뼛속까지 실감할 이유가 없겠는지 판단해 보십시오. 저는 동력장관입니다. 나라의 모든 동력을 나라의 이익을 위해 조직하고 관리해야 합니다. 풍력과 조석력을, 석유와 석탄을 이용해야 합니다. 헤브리디스 제도의 작은 재봉틀 하나에서부터, 셰틀랜드의 치과용 드릴, 마게이트의 카펫 청소기까지, 우리 대형 산업 공장의 굉음을 내는 거대한 발전기만큼이나 정확히 벽의 스위치로 구동 마력을 공급받을 수 있는지를 확인해야 합니다. 저는 그 일을 해냅니다. 하지만 그 비용은 정상비용보다 두 배나 듭니다. 왜일까요? 모든 새로운 발명을 파손 주식회사가 사들여서 은폐하기 때문입니다. 모든 고장, 모든 사고, 모든 충돌과 추락이 그들에게는 일거리입니다. 그들이 없었다면 우리는

---

[*] 파손 주식회사(Breakages Limited): 회사명이 파손(破損)인데도 내각을 굳건히 해 준다니 모순된다. 작가가 지어낸 이름이라는 게 서문에서 드러난다.

깨지지 않는 유리, 부서지지 않는 강철, 썩지 않는 온갖 재료들을 가졌을 것입니다. 그들이 없었다면 모든 화차에서 중요 부품을 두들겨 부수거나 잡아 뜯어내지 않고도, 일주일에 한 번이 아니라 일 년에 한 번씩만 정비소로 보내고도 우리의 화물 열차가 출발하고 정지할 수 있었을 것입니다. 우리나라의 정비 비용은 수억 파운드에 이릅니다. 제 재임 기간만 해도 파손과 고장으로 인한 막대한 경제적 손실을 줄일 수 있었던 발명품을 열두 가지나 댈 수 있습니다. 하지만 이 사람들은 발명가가 발명품을 합법적으로 사용해서 벌어들일 수 있는 것보다 더 많은 돈을, 발명가로부터 기계나 공정 등 그 무엇이든 간에 사들이기 위해 낼 수 있습니다. 그리고 그것을 사들이면 묻어 버리죠. 발명가가 가난하고 자신을 제대로 방어할 능력이 없으면, 그의 기계를 가짜로 시험해 보고는 쓸모가 없다고 보고합니다. 이런 이유로 미쳐 버린 발명가들한테 저는 두 번이나 총을 맞을 뻔했습니다. 그들은 그 일에 대한 책임이 저에게 있다고 했습니다. 거대 자본과 신문사들을 동원해서 온갖 분야에 손을 뻗친 이 괴물에 제가 맞설 수 있다는 듯이 말입니다. 정말 가슴이 아픕니다. 저는 제 부처를 사랑합니다. 부처의 효율성 외에는 아무것도 꿈꾸지 않습니다. 모든 개인적 유대관계와, 평범한 여성들이 좇는 온갖 행복보다도 이 효율성이야말로 저에게는 우선입니다. 파산 법정에서 파손 주식회사의 사업 절반이 폐지되고, 나머지 절반은 공적 손실이 사적 이익이 될 일이 없는 공영 작업장에서 운영되는 것을 볼 수 있다면 제 오른손이라도 내주겠습니다. 전하께서는 바로 그것을 대변하고 계십니다. 제가 감히 할 수만 있다면 마지막 피 한 방울까지 전하와 함께하겠습니다. 하지만 제가 뭘 할 수 있겠습니까? 만약 제가 이런 말을 공개적으로 한마디라도 한다면, 앞으로 2년 동안 모든 정부 부처, 특히 저처럼 여성이 관리하는 부처의 비효율성과 부패에 관한 기사가 매주 쏟아져 나올 것입니다. 이 사람들은 자신들이 묻어 버렸던 그 기계들을 도로 파내어, 그것들이 쓰이지 못한 것이 제 탓이라고 할 것입니다. 그들은 제 사생활에서 트집 잡을 거리를 찾기 위해 사설탐정을 시켜 밤낮으로 저를 감시하게 할 것입니다. 그들의 중역 중 하나는 손가락 하나만 들면 폭도들이 제 창문을 깨부수게 할 수 있는데, 파손 주식회사가 새 유리를 끼우는 일을 맡게 될 것이라고 제 바로 앞에서 말했습니다. 게다가 그건 사실입니다. 악랄하고 괘씸한 일이지만 제가 그들과 싸우려 한다면 공직에서 쫓겨날 것이고, 그들은 마이크를 내각에 밀어 넣어서 자신들의 이익을 위해 저희 부처를 운영하게 할 것입니다. 즉, 저희 부처를 실패작으로 만들어서 총리가 고철 가격으로 파손 주식회사에 팔 수밖에 없도록 만들겠다는 것입니다. 저는, 저는, 아, 참을 수가 없습니다. [*그녀가 감정을 주체하지 못한다*].

잠시 불편한 침묵이 흐른다. 그때 총리가 왕에게 말을 걸자 그 목소리가 엄숙하게 침묵을 깬다.

프로테우스. 들으셨지요, 전하. 내각에서 전하의 유일한 지지자가 산업계의 상황이 자신에게는 너무 버겁다는 점을 인정했습니다. 저는 제 내각의 여성들을 통제할 수 있는 체하지 않습니다. 하지만 그들 중 누구도 감히 전하를 지지하지 못합니다.[*]

아만다. [벌떡 일어나며] 뭐라고요? 감히 못 한다고요! 내가 마음만 먹으면 마이크의 선거구로 내려가서 리지가 한 말은 물론이고 더 많은 말들을 하지 못할 거라고 장담하시나요? 말하건대, 파손 주식회사는 내 부처 업무에 절대 참견하지 못합니다. 그런 짓을 하다가 나한테 걸리기만 해 봐요.

마그누스. 그건 체신부의 효율성이 일반 대중에게만큼이나 그들에게도 중요하기 때문인 것 같은데요.

아만다. 말도 안 됩니다! 저들은 체신부를 폐쇄하지 않고도 저를 제거할 수 있습니다. 저를 두려워하는 거예요. 바로 저, 아만다 포스틀스웨이트를 말입니다.

마그누스. 당신이 그들을 구슬리는 듯합니다.

아만다. 구슬린다고요! 그들이 구슬리는 것에 신경이나 쓴다고 생

---

[*] 총리는 겉으로는 겸손을 가장하지만 실제로는 '파손 주식회사' 같은 대기업의 압박이 여성 각료들을 이미 통제하고 있다는 것을 알고 있다. 그러니 자신이 직접 나서지 않아도 결과는 명확하다는 냉소적 선언이다.

각하세요? 돈만 주면 저보다 젊고 예쁜 여자들한테서 얼마든지 자기들이 바라는 구슬림을 받을 수 있는데요. 그런 인간들은 구슬리려 해 봤자 소용없습니다. 협박하세요. 이게 그들을 다루는 방법입니다.

리시스트라타. [여전히 떨리는 목소리로] 저도 그들을 협박할 수 있으면 좋겠습니다.

마그누스. 하지만 아만다는 할 수 있는데 왜 당신은 할 수 없다는 겁니까?

아만다. 제가 말씀드리죠. 리지는 남을 흉내 낼 수 없어요. 우스꽝스러운 노래도 부를 수 없고요. 저는 둘 다 할 수 있습니다. 더욱이 전하께 존경심을 가지고 말씀드리건대, 그 점이 저를 영국의 진짜 여왕으로 만드는 겁니다.

보아네르게스. 아, 정말! 가당찮아요! 뻔뻔하기도 하고요!

아만다. 빌, 저를 화나게 하면 두 달 안에 당신을 당신 지역구에서 몰아내 버릴 거예요.

보아네르게스. 아이구야! 그럴 거라고요? 어떻게요?

아만다. 파손 주식회사의 회장이 제 지역구로 내려와서 제 자리를 빼앗으려 했을 때, 그를 몰아낸 것과 똑같이요.

마그누스. 그가 왜 꼬리를 내렸는지 이해가 안 갔는데, 어떻게 했습니까?

아만다. 말씀드리죠. 저와 맞서기 위해 그는 가족사랑 회관에서 5

천 명을 앞에 두고 대단한 토요일 밤 연설로 선거 운동을 시작했습니다. 바로 그 홀에서 일주일 후에 저는 똑같은 사람들 앞의 집회에 나섰습니다. 저는 논쟁하지 않았어요. 그를 흉내 냈지요. 그의 연설에서 허풍떠는 부분들을 모두 골라서 그가 가장 으스대는 방식으로 따라 했더니 5천 명 전체가 그를 비웃게 되었지요. 그다음에 제가 노래를 불러주길 바라느냐고 물었더니 좋다는 소리가 거의 지붕을 뚫어버릴 지경이었어요. 노래를 두 곡 불렀습니다. 둘 다 후렴구가 있었지요. 하나는 "토요일 밤에, 토요일 밤에, 토요일 밤에 그녀가 나를 외출하게 해 줘요", 이런 식이었고요. 다른 하나는 "흑흑! 나는 아만다의 곰 인형과 놀고 싶어요"였어요. 그가 다음에 왔을 때는 사람들이 그가 묵는 호텔 창문 밑에서 그 노래를 불렀어요. 그는 집회를 취소하고 떠났습니다.[*] 그렇게 영국을 이 몸이 다스리고 있는 겁니다, 전하. 겉에 드러난 약간의 결점에도 불구하고 아만다 여왕이 좋은 사람이어서 영국으로선 다행이지요. [*의기양양한 데다 자기만족에 취해 자리에 앉는다*].

발부스.   영국에 당신 같은 사람이 하나뿐이어서 다행입니다. 하고 싶은 말은 바로 그겁니다.

아만다.   [*그에게 공중 키스를 날린다*]!

마그누스.   여왕은 왕을 지지해야 하는 거 아닙니까, 전하?

---

[*] 아만다가 부른 노래의 두 후렴구가 선거운동에 사용되어 상대를 조롱거리로 만들었다는 말이다. 전자에는 아내의 허락을 받아야 토요일 밤에 외출이 가능한 남자란 뜻이, 후자에는 울면서 떼쓰는 어린아이의 모습이 담겼다.

아만다. 죄송합니다, 전하. 하지만 제 왕국에는 두 명의 군주가 들어갈 자리가 없습니다. 흉내 내는 재주는 세습되지 않으니 저는 원칙상 전하를 지지하지 않습니다.

프로테우스. 자, 다른 분은 없습니까? 왕을 지지할 수 없다는 두 여성 분의 이유를 들었습니다. 지지할 수 있는 분이 계십니까?

침묵.

마그누스. 제 호소가 헛된 것이었음을 알겠습니다. 여러분의 상황이 어렵다는 것을 이해하니 여러분을 탓하지는 않습니다. 문제는 상황을 어떤 방법으로 바꿀 것인가입니다.

니코바르. 최후통첩에 서명하세요. 그게 방법입니다.

마그누스. 그게 옳은지 납득되지는 않는군요. 내무장관의 처남은 내가 자기를 내각에 받아준다면 금주 서약서에 기꺼이 서명하겠다고 했습니다. 그의 제안은 받아들여지지 않았습니다. 우리는 모두 그가 서약서에 서명할 것이라는 데에는 의심이 없었지만, 그의 천성이 나약해서 서약을 지킬 수 있을지는 확신할 수 없었기 때문입니다. 내 천성 역시 나약합니다. 프로테우스 씨, 내가 최후통첩에 서명하더라도 어쩔 수 없이 내 천성에 따라 되돌아가지 않으리라고 확신하십니까?

프로테우스. [*참을성이 한계에 다다라*] 이렇게 계속해서 무슨 소용입니까? 전하께선 처형대 위에서 불가피한 처형을 가능한 한 늦추려고 기도를 길게 끄는 한 남자입니다. 무슨 말씀을 해도 아무 차이가 없을 것입니다. 서명해야 한다는 것을 알고 계십니다. 서명하고 그만 끝내지 그러십니까?

니코바르. 이제야 제대로 말하는군요, 조.

발부스. 바로 그런 식으로 해 줘야지.

플리니. 얼른 꿀꺽 삼키세요, 전하. 미뤄 봤자 더 달콤해지지는 않을 겁니다. 그렇죠?

리시스트라타. 아, 제발, 서명하세요, 전하. 이건 저에게 고문이에요.

마그누스. 여러분의 인내가 한계에 이르렀음을 알아차렸습니다. 더 이상 시험하지 않겠습니다. 여러분이 매우 자제해 주신 점에 대해 감사합니다. 더 이상 토론식으로 말하지는 않겠습니다. 하지만 생각할 시간을 오늘 오후 5시까지 가져야겠습니다. 그 시각까지 다른 방법을 찾지 못하면 더 이상 말없이 서명하겠습니다. 숙녀와 신사 여러분, 이따가 봅시다!

그가 일어선다. 모든 사람이 일어선다. 그가 당당하게 걸어 나간다.

프로테우스. 마지막 몸부림이군요. 신경 쓰지 마세요. 우리가 아주 확실하게 잡아 놨으니까요. 점심은 어떻게 할까요? 배고파 죽겠어요. 리지, 나와 함께 점심 드시겠어요?

리시스트라타. 나한테 말 걸지 마세요. [마음이 산란하여 뛰쳐나간다].

아만다. 불쌍한 친구, 리지! 쟤는 정말 진정한 구식 골수 보수주의자야. 내가 쟤의 두뇌와 교육을 가졌더라면! 아니면 쟤가 내 갖가지 재능을 가졌더라면! 얼마나 훌륭한 여왕이 됐을까요! 옛날 엘리자베스 여왕같이 말이에요, 그렇죠? 슬퍼하지 마세요, 조. 그렇게 간청하니 내가 당신과 함께 점심을 먹어 줄게요.

크라수스. 저와 함께 점심 드세요. 여러분 모두.

아만다. 이런 호사를! 그럴 여유가 있나요?

크라수스. 파손 회사에서 낼 겁니다. 리츠 호텔에 상설 계정이 있거든요. 연간 5천 파운드 이상 나와요.

프로테우스. 좋습니다. 애굽 사람들의 물품을 취합시다.*

보아네르게스. [로마인다운 위엄으로] 내 점심은 1실링 6펜스가 들텐데, 내가 직접 낼 겁니다. [위풍당당하게 나간다].

아만다. [그의 뒤에 대고 소리치며] 너무 야박하게 굴지 마세요, 빌. 잘 가요!

프로테우스. 자, 갑시다. 너무 늦었어요.

---

* '애굽 사람들의 물품을 취합시다'는 출애굽기 12:36의 '여호와께서 애굽 사람으로 백성에게 은혜를 입히게 하사 그들의 구하는 대로 주게 하시므로 그들이 애굽 사람들의 물품을 취하였더라'의 마지막 부분을 인용한 것이다. 부자 기업의 돈으로 호사스러운 점심을 먹겠다는 뜻이다.

모두 서둘러 나간다. 책상으로 돌아가려고 들어오던 셈프로니우스와 팜필리우스가 장관들을 지나가게 하려고 옆으로 비켜서자, 아만다와 팔짱을 끼고 있던 프로테우스가 둘을 보자 문에서 멈춘다.

프로테우스. 실례지만, 두 분은 듣고 있었나요?

팜필리우스. 글쎄요, 일어난 모든 일을 저희가 따로 듣자고 하면 피차 상당히 불편하지 않겠습니까?

셈프로니우스. 최종적으로,* 프로테우스 씨, 왕의 비서들은 모든 것을 들어야 하고, 모든 것을 봐야 하고, 모든 것을 알아야 합니다.

프로테우스. 특이하게도,** 셈프로니우스 씨, 난 아무 이의가 없습니다. [나간다].

아만다. [그와 함께 가며] 안녕, 세미. 잘 있어요, 팜.

셈프로니우스. ⎫ [각자 테이블에 앉으며 크게 하품하며] 아아아아아
팜필리우스. ⎭ 아암!!!

---

* '최종적으로'라고 총리에게 대꾸한 것은 일부러 그의 말투를 흉내 낸 것이다.
** 셈프로니우스가 총리의 말투를 흉내 내자, 자기도 그의 말투를 흉내 내어 대꾸한 것이다.

막간극

같은 날 15시 30분, 오린시아의 규방. 그녀는 필기용 테이블에서 메모를 휘갈기고 있다. 낭만적인 아름다움을 지녔거니와 옷차림도 아름답다. 테이블이 모서리 근처 벽에 붙어 있고 왼쪽에 다른 벽이 있어서 방 가운데에서는 그녀의 등만 보인다. 문은 대각선으로 맞은 편 모서리 부근에 있다. 방 가운데에 소파가 놓였다.

왕이 들어오다가 문턱에서 기다린다.

오린시아. [뒤돌아보지는 않고 뽀로통하게] 누구시죠?

마그누스. 국왕 전하십니다.

오린시아. 뵙고 싶지 않아요.

마그누스. 언제쯤 안 바쁘십니까?

오린시아. 바쁘다고 말한 적 없어요. 전하께 뵙고 싶지 않다고 전 하세요.

마그누스. 당신이 편할 때까지 기다리겠어요. [들어와서 소파에 앉 는다].

오린시아. 가세요. [잠시 침묵] 전하와는 말하지 않을래요. [다시 침

뭐] 여기가 궁전이라고 해서, 그리고 왕이 신사가 아니라고 해서 제 규방이 언제든 침입당해야 한다면 궁 밖의 집을 구해야겠어요. 지금 부동산 중개업자에게 편지 쓰는 중이에요.

마그누스. 오늘은 우리가 무슨 일로 싸우는 중입니까, 내 사랑?

오린시아. 전하 양심에 물어보세요.

마그누스. 나한텐 당신과 관련해서는 양심이란 게 없어요. 직접 말해 주어야 해요.

그녀가 책상에서 책을 한 권 집어 들고 일어선다. 그러고는 당당하게 소파 쪽으로 다가가서 책을 그의 두 손에 내던진다.

오린시아. 여기요!

마그누스. 이게 뭐요?

오린시아. 16쪽. 보세요.

마그누스. [*책등의 제목을 보며*] "우리 고조부모들의 노래"라. 몇 쪽이라고 했나요?

오린시아. [*이를 악물고*] 십육.

마그누스. [*책을 펼쳐 해당 쪽을 찾아서 그걸 보자 알아본다는 듯이 눈이 반짝인다*] 아! 사랑의 순례자!

오린시아. 처음 세 단어를 읽어 보세요. 감히 할 수 있다면요.

마그누스. [*그 구절을 음미하는 듯 미소 지으며*] "오린시아, 내 사랑."

오린시아. 온 세상에서 당신의 단 하나뿐인 여자라면서 저만을 위해 특별히 지어내는 척했던 그 이름이 헌책방의 휴지통에서 주워온 거였군요! 전 전하를 시인이라고 여겼는데!

마그누스. 글쎄, 한 시인이 다른 시인을 위해 어떤 이름을 신성하게 만들 수도 있죠. 오린시아는 나에게 마법으로 가득한 이름이에요. 내가 직접 만들었다면 그럴 수 없었을 거예요. 어렸을 때 옛 음악 연주회에서 그 이름을 들었고 그때부터 줄곧 소중히 간직해 왔어요.

오린시아. 전하한테는 늘 그럴듯한 변명이 있어요. 거짓말쟁이와 허풍쟁이들의 왕이에요. 그런 거짓말이 저를 얼마나 상처 주는지 이해하지 못하셔요.

마그누스. [*후회하며 그녀를 향해 팔을 뻗는다*] 내 사랑, 미안해요.

오린시아. 손을 주머니에 넣으세요. 다시는 저를 손대지 못할 거예요.

마그누스. [*따르면서*] 정말 상처받지 않았다면 상처받은 척하지는 말아요, 자기야. 심장이 찢어져요.

오린시아. 언제부터 심장을 갖추셨나요? 그것도 중고로 사신 건가요?

마그누스. 내 안에는 당신이 상처받을 때마다 움츠러드는 무언가가 있어요. 상처받은 척할 때도요.

오린시아. [*가소로워하며*] 그래요. 제가 비명만 지르면 전하께선 저를 들어 올려서 자동차에 치인 강아지 달래듯 어루만지시겠죠. [*그의 옆에 앉지만 팔이 닿지 않을 거리를 유지한다*] 제 심장이 사랑을 원할 때 전하가 주는 건 그런 거예요. 차라리 저를 발로 걷어차 주세요.

마그누스. 당신이 유난히 짜증내면, 때로 걷어차고 싶기도 하지요. 하지만 제대로는 못할 겁니다. 당신을 다치게 할까 봐 내내 두려워할 테니까요.

오린시아. 저는 전하께서 눈썹 하나 까딱하지 않고도 제 사형 집행 명령서에 서명하실 거라고 믿어요.

마그누스. 어떤 면에서는 맞아요. 당신의 정신이 얼마나 예민한지 놀랍군요. 어느 정도까지는 말이에요.

오린시아. 전하의 정도까지는 아니겠지요.

마그누스. 잘 모르겠어요. 우리의 정신이 중간까지는 함께 나아가죠. 거기서 당신의 정신이 멈추는 것인지, 아니면 길이 갈라져 당신은 높은 길로 가고 나는 낮은 길로 가는 것인지* 말할 수 없지만, 어쨌든 어느 지점 이후로는 서로를 놓치지요.

오린시아. 그리고 전하께선 아만다나 리시스트라타 같은 여자들에게 돌아가시고요. 로맨스라고 해 봐야 부처(部處)와 사랑에 빠진 장관 정도나 떠올리고, 머리맡에 두는 책이라고 해 봐야 정부 백서인 그런 존재들 말이에요.

마그누스. 그들이 항상 남자 생각만 하는 건 아니에요. 내 생각으

---

* 스코틀랜드 민요 '로흐 로몬드의 아름다운 호수 둑(The Bonnie Banks of Loch Lomond)'의 후렴구(O ye'll tak' the high road and I'll tak' the low road)를 인용한 표현이다.

로는 그게 그들의 관심사가 바람직한 방향으로 확대된 면이죠. 리시스트라타에게 애인이 있대도, 나로선 그 남자에게 조금도 관심이 없을 거고 그녀가 달리 얘기할 게 없다면 지겨워 미칠 지경일 겁니다. 하지만 나는 그녀의 부처에 무척 관심이 많아요. 부처에 대한 그녀의 헌신은 우리에게 끝없는 관심사를 제공하거든요.

오린시아. 그럼, 그 여자한테 가세요. 제가 붙들고 있는 건 아니잖아요. 하지만 제가 남자 얘기밖에 할 게 없다고 그녀에게 말하지는 마세요. 그건 거짓말이니까요. 전하는 아시잖아요.

마그누스. 당신 말대로 그건 거짓말이고 나도 알아요. 하지만 내가 그렇게 말하진 않았어요.

오린시아. 암시하셨잖아요. 그런 뜻으로요. 그 웃기는 정치가 여자들이 우리와 함께 있을 때면, 전하는 주야장천 그들하고만 얘기하고 저한테는 한마디도 안 하세요.

마그누스. 당신도 나한테 그래요. 우리끼리는 사람들 앞에서 대화할 수가 없어요. 다른 사람들 앞에선 할 수 있는 말이 없거든요. 그런데 둘만 있을 때는 할 말을 얼마든지 찾잖아요. 할 수 있다면 이걸 바꾸고 싶나요?

오린시아. 전하는 장어처럼 미끄럽지만 제 손가락 사이로 빠져나가실 수는 없을 거예요. 왜 지루하기만 하고, 옷차림도 촌스럽고, 맵시도 없으면서 참견만 잘하는 정치가들로 스스로를 둘러싸고 계세요? 대화도 제대로 못 하는 사람들로 말이에요. 그들은 자기네 따분한 부처와, 자기네 일시적 관심거리와 당선 가능성에 관해서만 토론할 수 있을 뿐이에요. *[참을성 없이 일어서며]* 누가 그런 사람들과 대화하겠어요? 그들로선 자기들이 끌고 다니는 변변찮은 아내나 남편이 없다면 대화할 사람이 아예 없을 거예요. 그런데 그런 상대조차 하인들과 아기 얘기밖에 못 해요. *[갑자기 제자리로 돌아가며]* 들어 보세요, 마그누스. 왜 진짜 왕이 되지 않으세요?

마그누스. 어떤 면에서지, 내 사랑?

오린시아. 그 바보 같은 사람들을 모조리 쫓아 버리세요. 그들에게 자기네 부처의 고단한 일들을 시키고는 전하를 귀찮게 하지 못하게 하세요. 여기 하인들에게 바닥을 쓸고 가구를 닦는 일을 시키시듯 말이에요. 저와 함께 정말 고귀하고 아름다운 삶을, 왕다운 삶을 사세요. 전하를 진짜 왕으로 만들기 위해 필요한 건 진짜 왕비예요.

마그누스. 하지만 나한테는 이미 있는데.

오린시아. 아, 전하는 눈이 멀었어요. 눈이 먼 것보다 더 심해요. 취향이 얕아요. 하늘이 장미를 내미는데 전하께선 양배추에 매달려 있어요.

마그누스. *[웃으며]* 아주 적절한 비유군요, 내 사랑. 하지만 현명한 사람이라면 장미 없이 살 것과 양배추 없이 살 것 중에서 선택하라고 강요당하면, 양배추를 잡지 않겠어요? 게다가 이런 늙고 결혼한 양배추들도 모두 한때는 장미였어요. 당신같이 젊은 사람들이야 기억하지 못하지만 그 남편들은 그걸 기억하지요. 남편들은 아내의 변화를 눈치채지 못해요. 더구나 당신이야말로 누구보다 잘 알아야 할 테지. 남자가 아내에게 싫증이 나서 떠날 때, 그녀가 미모를 잃었기 때문인 경우는 전혀 없다는 걸 말이에요. 종종 새 연인이 옛 연인보다 더 나이 들고 못생긴 경우도 있으니까.

오린시아. 제가 왜 그걸 어느 누구보다 잘 알아야 하죠?

마그누스. 당신은 두 번 결혼했는데, 두 남편 모두 당신을 떠나 훨씬 더 평범하고 멍청한 여자들한테 갔으니까. 체면치레로 내가 당신의 지금 남편에게 잠시나마 궁정으로 돌아와 달라고 부탁했을 때, 그는 당신과 함께 사는 집에서는 어떤 남자도 자신의 영혼을 자기 것이라 할 수 없다고 했어요. 그런데 그 남자도 당신과 결혼할 때는 당신의 아름다움에 온전히 빠져 있었지요. 당신의 첫 번째 남편은 훌륭했던 전처에게 사실 억지로 이혼하게 하고 당신과 결혼했지만 2년도 안 되어 그녀에게 되돌아갔고 그 품에서 죽었어요, 불쌍한 놈.

오린시아. 그들이 저와 살 수 없었던 이유를 말씀드릴까요? 저는 순종 말이고 그들은 그저 잡종 말이었기 때문이에요. 그들이 저를 비난할 이유는 없었어요. 저는 그들에게 완전히 충실했고요. 그들의 집을 아름답게 꾸몄고 그들이 그때까지 먹어 본 것보다 더 잘 먹였어요. 하지만 제가 그들보다 고상하고 대단했기 때문에, 그들은 저에게 맞춰 살려는 부담을 견딜 수가 없었어요. 그래서 저는 그 불쌍한 놈들이 자기네 양배추에게 돌아가게 내버려뒀고요. 지금 이그나티우스와 동거하는 그 늙은 여자를 보세요! 그녀가 그의 진짜 수준을 말해 줘요.

마그누스. 훌륭한 여자예요. 이그나티우스는 그녀와 아주 행복하게 지내죠. 그렇게 변한 남자를 본 적이 없어요.

오린시아. 바로 그에게 어울리는 여자예요. 평범하죠. 부르주아고요. 그녀는 쇼핑하느라 거리를 종종걸음으로 돌아다니죠. [일어서며] 저는 천국의 평원을 거니는데 말이에요. 평범한 여자들은 제가 있는 곳에 올 수 없어요. 평범한 남자들은 자신의 정체를 깨닫고는 슬그머니 사라지고요.

마그누스. 여신으로서의 자의식을 갖는다는 것은 분명 멋질 거예요. 그것을 정당화할 만한 일은 조금도 하지 않으면서 말이에요.

오린시아. 저에게 여신의 일을 주세요. 해 드릴게요. 전하께서 저와 왕권을 나누시기만 하면, 몸을 낮추어 왕비의 일이라도 하겠어요. 하지만 사람들이 위대한 일을 해서 위대해진다고 우기지는 마세요. 위대한 일이 찾아오면 그들이 위대하기 때문에 위대한 일을 하는 거예요. 하지만 위대한 일이 찾아오지 않아도 그들은 똑같이 위대해요. 제가 이 방에 앉아서 얼굴에 분칠이나 하고 전하가 얼마나 영리한 바보인지 말해드리는 것밖에 하는 일이 없다 해도, 가정의 의무를 다하고 자신을 희생하고 상무부를 운영하고 그 밖의 온갖 세속 일을 하는 수백만의 평범한 여자보다 여전히 하늘만큼 높을 거예요. 전하께서 해 오신 모든 따분한 공적 업무가 전하를 조금이라도 낮게 만들었나요? 전하께서 자랑하시는 정책적 성과들을 거두기 전과 후의 전하 모습을 봤지만, 같은 사람이었어요. 그런 일을 전혀 하지 않았어도 저에게나 전하 자신에게나 똑같은 사람이었을 거예요. 감사하게도 제 자의식은 무언가를 이루었다는 속된 자부심보다 더 고결한 거예요. 전하께서 저를 숭배해야 하는 이유는 제가 무엇을 하느냐가 아니라 제가 어떤 존재냐라는 데 있어요. 업적을 원하면 전하께서 행동하는 남녀라고 부르는 사람들한테나 가 보세요. 그들은 모두 하나의 음모단에 속해 있어요. 자기네가 하는 기계적인 일, 자기네 변변찮은 삶을 걸고 함부로 모험하는 방식, 그리고 30년 동안 매일 새벽 4시에 일어나서 16시간씩 마치 산호충처럼 하는 일이 자신들을 위대하게 만든다고 우기는 음모단에 말이에요. 이렇게 우둔한 노예들이 무슨 소용이 있나요? 저를 위해 거리를 깨끗이 쓸어 주는 일이 있네요. 제가 별처럼 아름다운 모습을 유지하면서 자기들을 다스리도록 하는 일도 있고요. 제가 자기네 노예 신세에는 전혀 개입하지 않는데도 말이에요. 제가 그 신세를 위로하고, 그걸 인식하지 못하게 하고, 저를 숭배하는 꿈 안에서 그걸 잊게 해 주는 것 말고는요. [그녀가 앉고는 그를 매혹한다] 제 눈을 보고 진실을 말씀하세요. 제가 그럴 가치가 있나요, 없나요?

마그누스. 아름다움을 사랑하는 나로서는 있지요. 하지만 발부스가 당신 연금에 대해 하는 연설을 들어 봐야 해요.

오린시아. 게다가 제 빚도요. 제 빚과 담보대출, 가구 양도증서를 잊지 마세요. 친구들에게서 돈을 빌릴 입장이 아닌지라, 재산이 모두 팔릴 위기에서 벗어나려고 사채업자들한테서 빌린 수천 파운드도요. 그 점에 대해 저를 또 훈계하세요. 하지만 사람들이 제 연금을 못마땅해 한다고 감히 우기지는 마세요. 그들은 제 연금을 자랑으로 여기며 전하께서 입에 올리시는 제 사치를 자랑으로 여겨요.

마그누스. [더욱 진지하게] 그런데, 오린시아, 당신의 의상실 주인들은 지난번 당신과 외상거래를 했을 때 언젠가 당신이 내 왕비가 될 가능성에 기대를 건 게 아닐까요?

오린시아. 글쎄요, 그랬다면 어떻다는 거죠?

마그누스. 누군가한테서 힌트를 받지 않고는 감히 그런 기대를 하지 않았을 텐데요. 당신이 줬나요?

오린시아. 전하께서는 제가 그걸 할 수 있다고 보세요! 전하에게는 아주 저급한 면이 있어요, 마그누스.

마그누스. 물론이죠. 다른 필멸의 천처럼 나에게도 겉면과 속 면이 있어요. 하지만 당신이 허세를 부려봤자 소용없어요, 내 사랑. 당신은 무슨 짓이든 할 수 있는 사람이니까. 그런 암시가 있었다는 걸 부인하나요?

오린시아. 저에게 부인하라고 감히 요구하시는 거예요? 전 절대 부인 안 해요. 물론 그런 암시가 있었어요.

마그누스. 그럴 줄 알았어요.

오린시아. 아, 바보! 바보! 가서 식품점이나 차리세요. 그게 전하한테 어울려요. 그 암시가 저한테서 나왔다고 생각하세요? 아, 이 바보 멍청이, 그런 건 분위기 자체에 담기는 거예요. 제 의상실 주인이 그걸 넌지시 말했을 때, 저는 그런 말을 감히 되풀이했다가는 다시는 주문받지 못할 거라고 말해 주었어요. 하지만 하늘의 태양만큼 뻔한 걸 사람들이 보고 있는데 제가 어떻게 막겠어요? *[다시 일어서며]* 제가 진짜 왕비라는 건 누구나 알아요. 누구나 저를 진짜 왕비로 대한다고요. 사람들은 거리에서 저에게 환호해요. 제가 미술 전시회 중 하나를 개막하거나 새 배를 진수할 때면 사람들이 장소를 꽉 채워요. 저는 타고난 왕비 중 하나예요. 그리고 사람들이 그걸 알아요. 전하가 모르신다면 전하는 타고난 왕 중 하나가 아니에요.

마그누스. 대단하군! 진정한 영감이 아니면 어떤 것도 여자에게 그런 뻔뻔함을 줄 수 없을 거요.

오린시아. 그래요. 영감이지요, 뻔뻔함이 아니라. *[전처럼 앉으며]* 마그누스, 언제 제 운명과 전하의 운명을 마주 보실 건가요?

마그누스. 하지만 내 아내는? 왕비는? 불쌍한 제미마를 어쩌라는 거요?

오린시아. 아, 물에 처넣으세요. 총으로 쏘든지요. 전하의 운전기사를 시켜 그녀를 서펜타인 호수에 데려가서 내버려두게 하고요. 그 여자는 전하를 웃음거리로 만들어요.

마그누스. 그건 좋을 것 같지 않아요. 게다가 대중들이 심보 사나운 처사라고 생각할 거고.

오린시아. 아, 제 뜻을 아시잖아요. 이혼하세요. 그녀로 하여금 전하와 이혼하게 만드세요. 아주 쉬워요. 로니도 그런 식으로 저와 결혼했어요. 변화가 필요할 땐 누구나 그렇게 해요.

마그누스. 하지만 제미마 없이 어떻게 살아야 할지 상상이 안 돼요.

오린시아. 전하가 그녀와 어떻게 살아야 할지 상상이 되는 사람은 아무도 없어요. 하지만 그녀 없이 지낼 필요는 없어요. 우리가 결혼한 뒤에도 전하께선 얼마든지 그녀를 만나도 상관없어요. 저는 질투하거나 소동을 피우진 않을 거예요.

마그누스. 아주 관대하군요. 하지만 그렇다고 어려움이 해결될 것 같진 않아요. 내가 당신과 결혼하면, 제미마는 나와 지금처럼 가까이 지내는 걸 옳지 않게 여길 거예요.

오린시아. 대단한 여자네요! 그땐 그녀가 지금의 저보다 더 나쁜 처지에 있게 되나요?

마그누스. 아니요.

오린시아. 그럼 그녀에게는 좋지 않은 처지라고 여기면서도 저를 이 처지에 두는 건 괜찮다는 말씀이세요?

마그누스. 오린시아, 내가 당신을 지금 처지에 둔 게 아니에요. 당신이 스스로 그 처지에 선 거지. 당신을 거스를 수 없었어요. 당신이 데이지꽃 다루듯 나를 끌어안았으니.

오린시아. 저를 거스르고 싶었나요?

마그누스. 아, 아니요. 나는 절대 유혹을 거스르지 않아요. 나에게 나쁜 것들은 나를 유혹하지 않는다는 걸 깨달았거든요.

오린시아. 그런데 우리가 무슨 이야길 하는 중이죠?

마그누스. 잊어버렸어요. 아내가 당신과 처지를 바꾸는 건 불가능하다는 걸 설명하고 있었던 것 같군.

오린시아. 도대체 왜 불가능하다는 거죠?

마그누스. 당신을 이해시킬 수 없어요. 알다시피 당신은 두 명의 포로를 제단에 끌고 가서 그중 하나에게 아이들을 낳아주었지만 진정으로 결혼해 본 적은 없어요. 당신의 남편이 되는 것은 단지 직업일 뿐이지요. 아무 남자나 다른 남자만큼 잘할 수 있고, 현재 남편이 이혼 법정에서 6개월 예고를 받으면 그만둘 수 있는 그런 직업 말이에요.* 내 아내가 되는 것은 의미가 전혀 달라요. 제미마의 품위에 조금이라도 흠이 생긴다면 내 얼굴이 채찍으로 휘갈겨 맞는 것 같을 거예요. 당신의 품위에 대해서는 어쩐지 전혀 신경이 쓰이지 않아요.

---

* 당시 영국에서는 이혼 판결이 2단계로 이루어졌다. 먼저 조건부 판결을 받고 6개월이 지나 최종 판결을 받아야 이혼이 성립되었다.

오린시아. 어떤 것도 제 품위를 훼손할 수 없어요. 그건 신성한 것 이니까요. 그녀의 품위는 인습일 뿐이에요. 그래서 그게 도전받 을 때 전하께서 떨게 되는 거고요.

마그누스. 전혀요. 아내는 내 실제 일상생활의 일부이기 때문이에 요. 당신은 동화 나라에 속하고요.

오린시아. 만약 그녀가 죽으면 어쩌죠? 전하도 따라 죽을 건가요?

마그누스. 당장은 아니에요. 그녀 없이도 최선을 다해 살아가야겠 지만 생각만도 두려워요.

오린시아. 그녀 없이 살아간다는 것에 나와의 결혼이 포함될 수 있 지 않나요?

마그누스. 친애하는 오린시아, 차라리 악마와 결혼하겠소. 아내가 되는 것은 당신의 일이 아니에요.

오린시아. 상상력이 없어서 그런 생각을 하는 거예요. 그리고 당신 은 저를 몰라요. 당신이 저를 진정으로 가지도록 제가 허락해 준 적은 없으니까요. 저는 당신을 이 땅의 어떤 남자보다도 더 행복 하게 만들어 줄 수 있어요.

마그누스. 야릇하게 순결한 우리 관계가 이미 나를 만들어 준 것보 다 더 행복하게 만들어 줄 수 있다면 해 봐요.

오린시아. [*침착하지 못하게 일어나며*] 전하는 어린아이나 성자처 럼 말하는군요. [*그를 향해 돌아서며*] 나는 전하에게 새로운 삶을 줄 수 있어요. 전하가 상상조차 할 수 없는 삶을요. 아름답고 놀라운 아이들을 낳아 줄 수도 있고요. 우리 바질보다 더 사랑스러운 소년을 본 적 있나요?

마그누스. 당신의 아이들은 아름다워요. 하지만 그들은 요정 아이들이에요. 그리고 나에게는 이미 바로 실제 아이들이 몇 명 있어요. 이혼한들 내 아이들이 없어져서 요정들의 길을 터 주지는 않아요.

오린시아. 한마디로 황금 같은 순간이 왔을 때, 즉 천국의 문이 당신 앞에 열렸을 때, 돼지우리에서 나오기를 두려워하시는군요.

마그누스. 내가 만약 돼지라면 돼지우리가 나한테 맞는 곳이지요.

오린시아. 이해할 수가 없어요. 모든 남자는 알고 보면 바보고 도덕적 겁쟁이예요. 하지만 당신은 제가 아는 그 어떤 남자보다도 덜 바보고 덜 도덕적 겁쟁이죠. 당신에게는 거의 일류 여성의 자질이 있어요.* 제가 이 땅을 떠나 제 진정한 영원의 고향인 저 높은 곳으로 날아오를 때, 당신은 나를 따라올 수 있어요. 저는 다른 누구에게도 할 수 없는 말을 당신한테 할 수 있고, 당신도 그 바보 같은 아내를 울리기만 할 그런 말들을 나한테는 할 수 있어요. 제 주변의 어떤 남자보다도 당신의 일부가 제 안에 더 많이 들어 있어요. 당신 주변의 어떤 여자보다도 저의 일부가 당신 안에 더 많이 들어 있고요. 우리는 천생연분이에요. 당신과 제가 왕과 왕비

---

* 오린시아는 여성을 남성보다 우월한 존재로 보기 때문에 이 표현은 상당한 칭찬에 해당한다.

라는 것이 하늘에 씌어 있어요. 어떻게 망설일 수 있죠? 당신의 평범하고 건강하고 명랑한 아이들 한 무리와 평범한 가정부 같은 아내에게서 당신이 느끼는 매력이 뭐죠? 게다가 실제로는 당신과 다투기만 하면서 나라를 다스린다고 여기는 그 촌스럽고 벼락출세한 자들과 권모가, 어릿광대 나부랭이에게서는 어떻고요? 다시 나를 보세요, 그대여. 다시, 또 다시요. 내가 그런 존재들 백만 명만큼 가치 있지 않나요? 나와의 삶이 그런 삶보다 높지 않은가요? 태양이 시궁창 저 높이 있는 것처럼 말이에요.

마그누스. 그래요 그래 그래 그래, 물론이지. 당신은 사랑스러워요. 신성하고요. [그녀가 승리의 몸짓을 억제할 수 없다] 게다가 엄청 재미있어요.

이런 허탈한 반전이 오린시아의 기고만장한 기분을 완전히 잡친다. 하지만 그녀는 워낙 영리해서 반전의 의미를 놓칠 리가 없다. 이제는 김빠진 몸짓에다 마지못해 참는 듯한 표정으로 그의 왼쪽에 앉아서 이어지는 장광설을 잠자코 듣는다.

마그누스. 언젠가 아마도 하늘이 양배추에 장미를 접붙여서 모든 여자를 당신만큼 매혹적으로 만들 날이 올 거예요. 그러면 삶이 얼마나 즐거운 놀이가 될까요! 하지만 당장은 내가 여기 오는 이유는 왕실 생활에서 한 시간 정도의 휴식이 필요할 때 당신과 이렇게 이야기를 나누는 걸 즐기려는 거예요. 우둔한 아내가 내 속을 태울 때나, 명랑한 아이들 한 무리가 귀찮게 할 때, 사나운 내각이 나를 가로막을 때, 의사들이 말하듯이 나한테 변화가 필요할 때도요. 알다시피, 내 사랑, 세상에 아무리 소중한 아내도, 아무리 명랑한 아이들도, 아무리 빈틈없는 내각도 싫증이 나지 않을 수는 없어요. 당신이 목격했듯이 제미마에게는 한계가 있어요. 나도 그렇고요. 이제 만약 우리 부부의 한계들이 완벽히 일치한다면, 나는 다른 사람과는 결코 이야기하고 싶지 않을 것이고 그녀도 그럴 거예요. 하지만 그런 일은 절대 일어날 수 없으니, 우리는 다른 모든 부부와 같아요. 즉, 우리 사이에는 절대 논의할 수 없는 주제들이 있어요. 아픈 주제들이라서요. 우리 중 한 사람은 좋아하지만 다른 한 사람이 좋아하지 않는다는 이유로 서로 언급하길 피하는 사람들이 있어요. 개인들뿐만 아니라 사람들의 유형 전체 말이에요. 예를 들어 당신 같은 유형요. 아내는 당신 같은 유형을 좋아하지 않고, 이해하지 못하고, 불신하고 두려워해요. 이유가 없는 것은 아니에요. 당신 같은 여자들은 아내들한테 위험하니까요. 하지만 나는 당신 유형을 싫어하지 않아요. 나 자신도 그런 성향이 좀 있어서 이해하거든요. 어쨌든 나는 그런 유형을 두려워하지 않아요. 비록 그 유형에 대해 조금만 암시를 줘도 아내 얼굴에 구름이 끼지만요. 그래서 그런 유형에 대해 자유롭게 이야기하고 싶을 때 와서 당신과 이야기하는 거예요. 그리고 아내도 나에게는 절대 이야기하지 않는 사람들에 대해 자기 친구들과는 이야기한다고 생각해요. 그녀에게는 나한테서 얻을 수 없는 어떤 것들을 얻을 수 있는 남성 친구들이 있어요. 그렇게 하지 않으면 그녀는 내 한계로 제약받게 될 것이고 결국 나를 미워하게 될 거예요. 그래서 나는 항상 아내의 남성 친구들이 우리와 함께 지낼 때 편하게 느끼도록 최선을 다해요.

오린시아. 모범 가정의 모범 남편이군요! 그리고 모범 가정이 지켜지면 내가 기분 전환 거리인 거고요.

마그누스. 글쎄, 당신이 그 이상 뭘 더 바랄 수 있나요? 한 몸에 한 영혼이 되기를 바라는 흔한 잘못에 빠지지 맙시다. 모든 별은 자신만의 궤도를 가지고 있고, 별과 가장 가까운 이웃 사이에는 강력한 인력뿐만 아니라 무한한 거리가 있지요. 거리에 비해 인력이 강해지면 둘은 껴안는 게 아니라 충돌해서 파멸하게 돼요. 우리 둘도 각자의 궤도를 가지고 있는데, 재앙적인 충돌을 피하기 위해서는 우리 사이에 무한한 거리를 유지해야 해요. 거리를 유지하는 것이 좋은 매너가 가진 모든 비밀이고, 좋은 매너가 없으면 인간 사회는 견딜 수도, 유지할 수도 없어요.

오린시아. 다른 어떤 여자가 전하의 설교를 참는 데다가 좋아하기까지 하겠어요?

마그누스. 오린시아, 우리는 그저 놀이하는 두 아이일 뿐이에요. 당신은 동화 나라에서 내 왕비가 되는 것으로 만족해야 해요. 그런데 [일어서며] 난 일하러 돌아가야 해.

오린시아. 저와 함께 있는 것보다 더 중요한 일이 뭐죠?

마그누스. 없어요.

오린시아. 그럼 앉으세요.

마그누스. 불행히도 정부의 이 어리석은 일은 계속되어야 해요. 더구나 늘 그렇듯이 오늘 저녁에 위기가 있어요.

오린시아. 하지만 위기는 5시부터잖아요. 셈프로니우스한테서 다 들었어요. 왜 그 탐욕스러운 책략가 프로테우스를 편드세요? 그는 전하를 속여요. 모든 사람을 속이고요. 심지어 자기 자신도요. 전하를 망신 주는 내각도 당연히 속이죠. 초만원 3등 객차 같아요. 왜 그런 오합지졸들이 전하의 시간을 허비하게 하세요? 결국 전하는 왜 급여를 받죠? 왕이 되라는 것이죠. 즉, 평민을 장화 닦개로 삼는 것요.

마그누스. 그래요. 하지만 미국인들이 말하듯이 왕 사업이라는 게 민주주의와 너무 뒤섞여, 국민의 절반은 내가 내각을 빛이 나는 장화의 닦개로 삼기를 기대하고, 나머지 절반은 내각이 나를 진흙투성이 장화의 닦개로 삼기를 기대하지요. 5시의 위기는 우리 중 누구를 닦개로 삼을지를 가리는 것이에요.

오린시아. 그런데 전하는 체면을 구겨 가며 프로테우스와 권력다툼을 하실 건가요?

마그누스. 아, 아니에요. 나는 절대 싸우지 않아요. 하지만 때로는 이기죠.

오린시아. 만약 전하가 그 사기꾼이자 가식쟁이한테 지면 다시는 감히 제게 접근하지 마세요.

마그누스. 프로테우스는 영리한 사람이에요. 때로는 훌륭한 사람이기도 하고요. 그를 이기는 게 나한테 만족감을 주지는 않을 거요. 난 사람들을 이기는 게 싫어요. 하지만 그의 허를 찌르면 악의 없는 재미는 있을 거예요.

오린시아. 마그누스, 전하는 약골이에요. 진짜 남자라면 그를 흠씬 두들겨 패는 걸 틀림없이 즐길 텐데요.

마그누스. 진짜 남자는 결코 왕 노릇을 할 수 없을 거요. 나는 우상일 뿐이오, 내 사랑. 내가 할 수 있는 것은 잔혹한 우상이 되지 않을 선을 긋는 것뿐이에요. [*자기 시계를 보며*] 이제 정말 가야 해. 안녕.

오린시아. [*자기 손목시계를 보며*] 하지만 아직 4시 25분이에요. 5시까지는 시간이 충분하잖아요.

마그누스. 그렇지만 4시 반이 차 마실 시간이니.

오린시아. [*뱀처럼 재빨리 그의 팔을 잡으며*] 차는 신경 쓰지 마세요. 내가 드릴게요.

마그누스. 불가능해요, 내 사랑. 제미마는 기다리는 걸 좋아하지 않아요.

오린시아. 아, 또 제미마! 나를 버리고 제미마한테는 못 가요. [그를 너무 세게 잡아당겨서 그가 그녀의 옆자리로 쓰러진다].

마그누스. 내 사랑, 가야 해요.

오린시아. 안 돼, 오늘은 안 돼요. 들어 보세요, 마그누스. 아주 긴히 할 말이 있어요.

마그누스. 그런 건 없어. 그저 나를 늦추어 아내를 화나게 하려는 거지. [일어나려고 하지만 다시 끌어당겨진다] 제발 놓아줘.

오린시아. [붙잡고 있으면서] 왜 그렇게 부인을 무서워하나요? 당신은 런던의 웃음거리예요, 불쌍한 공처가, 자기야.

마그누스. 공처가라고! 그럼 이건 뭐야? 적어도 내 아내는 신체적 폭력으로 나를 붙잡지 않아.

오린시아. 늙은 네덜란드 여자 때문에 내가 버림받을 수는 없어요.

마그누스. 들어 봐, 오린시아. 바보처럼 굴지 마. 내가 가야 한다는 걸 당신도 알잖아. 얌전히 굴어.

오린시아. 10분만 더.

마그누스. 벌써 네 시 반이 지났어.

그가 일어나려고 하지만 그녀가 다시 붙잡고 있다.

마그누스. [숨을 고르며] 당신은 순전히 짓궂어서 이러는 거야. 당신이 너무 지독하게 힘이 세서, 당신을 다치게 하지 않고는 빠져나올 수가 없어. 경호원을 불러야겠어?

오린시아. 그래, 그래 봐. 내일 신문에 다 날 걸.

마그누스. 악마 같으니. [온 위엄을 다해] 오린시아, 이건 어명이야.

오린시아. [미친 듯이 웃는다]!!!

마그누스. [격노하며] 알았어, 그럼, 이 악마 같은 년, 놓지 못할까!

마그누스가 오린시아에게 온 힘을 다해 달려든다. 오린시아는 팔로 그를 끌어안고 장난스레 즐기면서 매달린다. 문 두드리는 소리가 나지만 두 사람은 듣지 못한다. 마그누스가 빠져나오려 하자 오린시아가 갑자기 그의 허리를 잡고 마룻바닥으로 끌어내린다. 둘은 뒹굴며 몸싸움을 벌인다. 셈프로니우스가 들어온다. 그는 이 꼴사나운 장면을 잠시 빤히 보다가 급히 밖으로 나서며 문을 닫는다. 목을 가다듬으며 코를 요란하게 풀고는 문을 쾅쾅 연이어 두드린다. 맞붙었던 두 사람이 적대 행위를 멈추고 허둥지둥 일어선다.

마그누스. 들어오시오.

셈프로니우스. [들어오며] 왕비께서 차가 준비되었다고 알려 드리라 하셨습니다, 전하.

마그누스. 고맙네. [급히 나간다].

오린시아. [숨을 헐떡이지만 스스로 무척 만족해하며] 전하께서는 여기 계실 때면 모든 걸 잊어버리세요. 저도 그래요, 유감스럽게도. 정말 죄송해요.

셈프로니우스. [*딱딱하게*] 해명할 필요 없어요. 무슨 일이 있었는지 봤으니. [*나간다*].

오린시아. 저 짐승 같은 놈! 열쇠 구멍으로 엿본 게 틀림없어. [*비웃으며 도발하는 몸짓으로 손을 들어 올리고는 춤추듯 테이블 의자로 되돌아간다*].

제2막

    같은 날 오후 늦은 시간. 왕궁의 테라스. 낮은 난간이 테라스와 잔디밭을 구분한다. 난간을 따라 테라스용 의자들이 많이 놓였다. 식당 의자도 몇 개 있는데, 줄지어 놓인 것이 아니라 조금 전까지 누군가 앉아 있었던 것처럼 여기저기 흩어져 있다. 잔디밭에서는 중앙 계단을 통해 테라스로 올라올 수 있다.

    왕과 왕비는 계단 폭 남짓만큼 서로 떨어져 앉았다. 왕비는 왕의 오른쪽에 있다. 왕은 저녁 신문을 읽고 있고 왕비는 뜨개질을 하고 있다. 왕비의 오른쪽에는 작은 작업대가 있고 그 위에 작은 징이 놓였다.

왕비. 시종들이 차를 치울 때 의자를 그대로 두라고 하신 이유는 뭐죠?

마그누스. 내각 대신들을 여기서 만날 거요.

왕비. 여기서요! 왜요?

마그누스. 음, 야외의 공기와 저녁 햇살이 그들을 좀 진정시켜 줄 것 같아서요. 실내에서보다는 나를 향해 연설을 늘어놓기가 쉽지 않을 거요.

왕비. 정말 그럴까요? 로베르트*가 보아네르게스에게 그렇게 멋지게 연설하는 법을 어디서 배웠느냐고 물었더니 "하이드 파크에서"라고 대답했대요.

마그누스. 그래요. 하지만 그건 군중 때문에 자극받았을 때의 얘기지요.

왕비. 로베르트는 당신이 보아네르게스를 길들였다고 하던데요.

마그누스. 아니오. 길들인 게 아니에요. 예법을 가르친 거지요. 풋내기 장관들에게는 내가 낱낱이 챙겨 줘야 하지만 그렇다고 그들을 길들이는 건 아니에요. 단지 그들이 가진 힘을 바보처럼 허비하지 않도록, 제대로 사용하는 방법을 가르치는 거지요. 나중에 그들과 싸워야 할 때가 되면 나로서는 훨씬 더 힘들어질 테지만.

왕비. 그래 봤자 아무도 고마워하지 않아요. 그들은 당신이 자기들을 속이고 있다고만 여겨요.

마그누스. 뭐, 사실 그래요. 초보 단계에서는. 하지만 진짜 중요한 일을 할 때는 속임수가 통하지 않아요. 그들도 금방 눈치를 채거든.

팜필리우스가 왕비 쪽에서 테라스를 따라 들어온다.

마그누스. [*자기 시계를 보며*] 이런! 벌써 온 건 아니지? 아직 5시도 안 됐는데.

---

* 왕자의 이름임이 곧 드러난다.

팜필리우스. 아닙니다, 전하. 미국 대사가 왔습니다.

왕비. [약간 불쾌해하며] 알현 약속이 있었나요?

팜필리우스. 아니요, 왕비님. 무슨 일인지 상당히 흥분해 있는 것 같습니다. 저로선 알아낼 길이 없었습니다. 당장 전하를 뵈어야 한다고만 합니다.

왕비. 당장이라니! 미국인은 약속도 없이 왕을 당장 만나야 한다고! 정말이지!

마그누스. [일어서며] 들어오라고 해요, 팜.

팜필리우스가 나간다.

왕비. 나라면 정식으로 알현을 신청하라고 하고 한 주일은 기다리게 했을 거예요.

마그누스. 뭐라고! 우리가 아직도 미국에 그 오래된 전쟁 빚을 지고 있는 데다가 보스필드 같은 미친 제국주의자가 대통령인데 말이오! 아니요, 당신은 그러지 못했을 거요. 내가 지금부터 그럴 것처럼, 비굴할 정도로 친절하게 대했을 거요. 젠장!

팜필리우스. [다시 나타나며] 미합중국 대사 반하탄*이십니다.

---

* 반하탄(Vanhattan)이란 이름은 미국의 상징인 뉴욕의 중심지 맨해튼(Manhattan)을 떠올리게 한다.

그가 물러나자, 반하탄 씨가 들뜬 모습으로 들어온다. 열렬한 환영을 확신하는 사람처럼 서둘러 왕비에게 다가가 악수하는데 너무 오래 흔들어대는 바람에, 왕비는 놀란 눈으로 처음에는 그를, 다음에는 도움을 바라는 듯 왕을 빤히 본다. 그동안 그녀의 손은 계속 세차게 흔들리며 위아래로 춤을 춘다.

마그누스. 도대체 무슨 일이오, 반하탄 씨? 왕비의 반지가 다 빠지겠소.

반하탄. [멈추며] 제가 여기 온 용건을 들으시면 왕비님께서도 양해하실 겁니다. 마그누스 전하, 지금 이 순간은 위대한 역사적 장면입니다. 역사에 기록되었거나, 앞으로 다시 기록될 순간 중에서도 무지하게 위대한 순간일 것입니다.

마그누스. 차는 드셨소?

반하탄. 차라고요! 이런 순간에 누가 차 생각을 하겠습니까?

왕비. [다소 싸늘하게] 무슨 영문인지 전혀 모르는 저희로서는 대사님과 열정을 함께하기가 어렵군요.

반하탄. 맞습니다, 왕비님. 제가 지금 미친 사람처럼 행동하고 있군요. 하지만 들어 보십시오. 판단해 보십시오. 그러고 나서 제가 이 일의 중요성을, 엄청남을 과장하고 있는지 말씀해 보십시오. 아무리 과장해도 모자랄 순간의 중요성이지만 말입니다.

마그누스. 세상에! 앉지 않으시겠소?

반하탄. [의자를 가져와 두 사람 사이에 놓으며] 감사합니다, 전하. [앉는다].

마그누스. 무언가 흥미진진한 소식을 가져오신 모양이군요. 사적인 일입니까, 공적인 일입니까?

반하탄. 공적인 일입니다, 전하. 틀림없습니다. 제가 지금부터 말씀드릴 내용은 미합중국에서 대영제국으로 전하는 공식적인 메시지입니다.

왕비. 저는 가는 게 좋겠네요.

반하탄. 아닙니다, 왕비님. 가시면 안 됩니다. 왕의 배우자로서 왕비님의 특권이 어디까지인지는 몰라도, 영국 여성으로서는 제가 전하러 온 내용을 들으실 권리가 있습니다.

마그누스. 반하탄, 대체 무슨 일이오?

반하탄. 마그누스 전하, 우리 두 나라 사이에는 빚이 있습니다.[*]

마그누스. 그게 무슨 상관이오? 우리 자본가들이 미국에 엄청나게 투자했으니, 그 빚의 이자를 갚고도 수지를 맞추려면 당신들이 우리한테 매년 20억 달러를 더 보내야 하는 상황인데 말이오.

반하탄. 마그누스 전하, 지금은 숫자를 잊어 주십시오. 우리 두 나라 사이에는 빚뿐만 아니라 국경도 있습니다. 그 국경에는 총 한 자루는커녕 군인 한 명 없는데, 미국 시민들이 나날이 전하의 국

---

[*] 1928년을 기준으로 보자면 이 빚은 일차대전을 위해 영국이 미국에 빌린 돈을 말한다.

민인 캐나다인들과 악수합니다.

마그누스. 바다라는 국경도 있지요. 국제연맹이 우리의 공동 비용으로 다소 더 비싼 돈을 들여 방어하고 있지만 말입니다.*

반하탄. [말에 더 무게를 실으려고 일어서며] 전하, 말씀하신 빚은 탕감되었습니다. 국경은 더 이상 존재하지 않습니다.

왕비. 그게 어떻게 가능하죠?

마그누스. 반하탄 씨, 천재지변으로 북미 대륙이 대서양에 잠겼다는 말씀인가요?

반하탄. 그보다 더 놀라운 일이 일어났습니다. 대서양이 대영제국에 잠겼다고 하실 수 있습니다.

마그누스. 무슨 일이 일어났는지 가능한 한 간단명료하게 말씀해 주시는 게 좋겠습니다. 앉으십시오.

반하탄. [다시 앉으며] 전하도 아시다시피 미합중국은 한때 대영제국의 일부였습니다.

마그누스. 그런 전설이 있다고 들었습니다.

반하탄. 단지 전설이 아닙니다, 전하. 의심할 여지 없이 역사적 사실입니다. 18세기에는—

마그누스. 그건 아주 오래전 일이지요.

---

* 미국 쿨리지 대통령의 초청으로 1927년 개최된 제네바 해군 회의에 영, 미, 일이 참가했다. 순양함, 구축함, 잠수함의 군축을 시도했으나 영미 간의 대립으로 회의가 결렬되었다. 말로는 협력한다고 했지만 실제로는 각자도생인 국제 정치의 본질을 풍자한 말이다.

반하탄. 위대한 국가들의 생애에서 몇 세기는 별것 아닙니다, 전하. 탕자의 비유를 떠올려 보십시오.

마그누스. 반하탄 씨, 그건 정말 정말 오래전 일입니다. 어제 이후로 무슨 중요한 일이 일어난 모양이군요.

반하탄. 맞습니다. 정말로 일어났습니다, 마그누스 전하.

마그누스. 그래서 그게 뭡니까? 지금 이 순간 저는 18세기나 탕자이야기에 신경 쓸 겨를이 없습니다.

왕비. 왕께서는 10분 후에 내각 회의가 있습니다, 반하탄 씨.

반하탄. 마그누스 전하, 제가 전해 드릴 소식을 듣는 내각 장관들의 얼굴을 보고 싶습니다.

마그누스. 저도 그렇습니다. 하지만 저는 그들에게 전할 입장이 못됩니다. 그게 뭔지 모르니까요.

반하탄. 탕자가, 전하, 아버지의 집으로 돌아왔습니다. 옛날처럼 가난하고 굶주리고 남루한 모습이 아닙니다. 아, 아닙니다. 이번에는 땅 위의 재물을 가지고 조상의 집으로 돌아왔습니다.*

마그누스. [의자에서 벌떡 일어나며] 설마—

반하탄. [역시 일어서며, 온화하면서도 의기양양한 채] 그렇습니다, 전하. 독립선언서는 취소되었습니다. 그것을 승인한 조약들은 파기되었습니다. 우리는 대영제국에 다시 합류하기로 했습니다. 물

---

* 탕자의 비유는 누가복음 15:11-32에 나오는 이야기다. 유산을 미리 받아 탕진한 아들이 빈털터리가 되어 돌아오자, 아버지가 반가이 맞이한다는 내용이다. 미국이 영국으로부터 독립했다가 성경의 탕자와는 달리 부자가 되어 돌아온다는 뜻이다.

론 보스필드 각하를 대통령으로 하는 자치령으로서 자치권을 누릴 것입니다. 저는 곧 다시 이곳을 방문할 것입니다. 외국의 대사로서가 아니라, 전하의 가장 위대한 자치령 대사로서, 그리고 전하의 매우 충성스럽고 헌신적인 국민으로서 말입니다.

마그누스. [의자에 털썩 주저앉으며] 이럴 수가! [그는 초췌한 얼굴로 허공을 바라본다. 이제 처음으로 망연자실한 채].

왕비. 정말 멋진 일이네요, 반하탄 씨!

반하탄. 왕비님께서 그렇게 말씀하시리라 생각했습니다. 역사상 가장 멋진 일입니다. [다시 앉는다].

왕비. [걱정스럽게 왕을 바라보며] 그렇게 생각하지 않으세요, 마그누스?

마그누스. [눈에 띄는 노력으로 정신을 가다듬으며] 반하탄 씨, 여쭙겠습니다만, 이— 이— 이 미국 정책의 기막힌 수는 누구한테서 나온 겁니까? 솔직히 말해서, 나는 당신네 대통령을, 머리에 달린 신체 부위 중 입만 제대로 돌아가는 정치가로 보는 데 익숙해졌습니다. 그가 직접 이런 생각을 했을 리 없습니다. 누가 귀띔했습니까?

반하탄. 보스필드 씨에 대한 전하의 비평은 상당히 신중하게 받아들이겠습니다만, 우리 미국인들은 아마 이 좋은 소식을 최근 우리나라를 방문한 아일랜드 자유국[*] 대통령과 연관시킬 겁니다. 저로선 그분의 이름을 공식적인 게일어로는 발음할 수 없고, 우리 부서에서 그 철자를 제대로 쓸 수 있는 타자원이 한 명뿐입니다. 하지만 자기 친구들 사이에서는 믹 오래퍼티[**]라고 불립니다.

마그누스. 그 악당! 제미마, 우리는 더블린에서 살아야겠소. 이제 영국은 끝이오.[***]

반하탄. 어떤 의미에서는 그럴지도 모릅니다. 하지만 잉글랜드는 멸망되지 않을 겁니다. 합병될 겁니다. 합병이지요, 전하. 더 거대하고 유망한 조직으로 말입니다. 아마 말씀드려야 했는데, 우리 조건 중 하나는 전하께서 황제가 되시는 겁니다. 이 자그마한 섬으로선 왕이 충분할지 몰라도, 우리가 들어온다면 더 성대한 칭호가 필요합니다.

마그누스. 이 자그마한 섬이라고! "은빛 바다에 박힌 이 자그마한

보석이!"* 반하탄 씨, 거대한 미국 회사의 단순한 부속품으로 전락하느니, 우리가 차라리 신 페인의 옛 투쟁 구호를 외치며 마지막 피 한 방울까지 독립을 위해 싸우리라는 생각은 안 해 보셨습니까?**

반하탄. 그런 야만스러운 과거로 돌아가길 상상하는 것은 정말 유감스러울 겁니다. 다행히 그건 불가능, 불고능합니다.*** 그 낡은 구호는 대서양에 있는 국제연맹 함대의 다국적 승조원들에게 호소력이 없을 겁니다. 그 함대가 당신들을 봉쇄할 겁니다, 전하. 그리고 유감스럽게도 우리는 당신들을 보이콧할 수밖에 없을 겁니다. 연간 20억 달러가 끊길 겁니다.

마그누스. 하지만 유럽 열강들이! 그들이 세력 균형의 변화에 잠시라도 동의할 거라고 보십니까?

반하탄. 왜 안 되겠습니까? 변화는 명목상일 뿐일 텐데요.

---

* '은빛 바다에 박힌 이 자그마한 보석이!(This little gem set in a silver sea!)'는 셰익스피어의 '리처드 2세' 제2막 1장에 나오는 구절, '은빛 바다에 박힌 이 엄청난 보석(This precious stone set in the silver sea)'을 변용한 것이다.

** 신 페인(Sinn Fein)은 '우리 자신'이란 뜻의 게일어로서 1905년 아서 그리피스가 창당한 아일랜드 민족주의 정당의 명칭이다. 독립운동 시기 이들의 구호는 'Sinn Féin, Sinn Féin Amháin'으로 '우리끼리, 우리끼리, 오직 우리끼리'란 뜻이다. 과거 식민지였던 아일랜드의 독립투쟁 구호를 이제 영국이 미국으로부터 독립하기 위해 갖다 써야 할 처지가 되었다는 자조적인 표현이다. 당시 영국인들에게는 '터무니없는 일'로, 아니면 매우 신랄한 풍자로 들렸을 것이다.

*** '불가능, 불고능합니다(it's impossible—immpawsibl)'는 영국인들의 '오' 발음을 흉내 내어 수정한다는 말이다. 미국인으로선 그 발음이 유난스레 들린다는 뜻이지만, 합병하는 마당에 이 정도의 발음은 영국 것에 기꺼이 따르겠다는 뜻도 담겼다.

마그누스. 명목상이라고요! 영연방과 미국의 합병을 명목상의 변화라고 일컬어요! 프랑스와 독일은 뭐라고 하겠습니까?

반하탄. *[너그럽게 고개를 저으며]* 프랑스와 독일이요? 당신들이 집안의 오랜 습관에 따라 사용하는, 이런 괴상하고 낡은 지리적 표현들은 우리에게 아무런 문제가 되지 않습니다.[*] 독일이라고 하는 건 우랄산맥과 북해 사이에 연이은, 다소간 소비에트 공화국들을 말하시는 것 같군요.[**] 음, 모스크바와 베를린과 제네바의 약삭빠른 사람들이 그것들을 연방으로 만들려고 노력 중입니다. 그리고 우리가 그들의 움직임에 반대하지 않으면 그들도 우리의 움직임에 반대하지 않을 거라는 게 우리 사이의 완전한 양해입니다. 프랑스는, 제가 이해하기로는 뉴 팀가드 정부를 말씀하시는 것 같은데, 아프리카 일로 너무 바빠서 당신네 작은 해협 터널 끝에서 무슨 일이 일어나는지 신경 쓸 겨를이 없습니다.[***] 파리가 미국인들로 가득하고 미국인들이 돈으로 가득한 한, 프랑스로서

---

[*] 즉 민족이니 국경이니 하는 낡은 개념은 중요하지 않고 경제적, 문화적 통합만 중요하다는 뜻이다.

[**] 당시 독일이 일차대전의 패전으로 베르사유 조약의 굴욕적 배상금과 1923년 극심한 인플레이션 등 어려운 경제 상황을 겪었음을 말해 준다. 한편 1930년 전후 독일 공산당이 크게 성장하여, 독일이 소비에트에 넘어갈 것으로 상정한다는 뜻이다. 실제로는 1933년 공산당이 아니라 나치가 집권했다.

[***] 팀가드(Timgad)는 알제리에 있던 로마 시대 도시 유적이다. 그러니 뉴 팀가드(New Timgad)란 프랑스가 식민지인 알제리를 중시하여 수도를 알제리로 옮겨가는 상황을 상정했다. 또 당시에 영불간의 해협에 터널을 뚫자는 논의야 있었을 테지만, 이건 정작 1994년에 개통한다. 이 또한 미래의 일이니 극 중에서는 이미 개통했다고 본다는 뜻이다.

는 서쪽에서 모든 게 잘 돌아가는 겁니다. 미국인들에게 파리의 큰 매력 중 하나는 옛 영국으로 유람을 갈 수 있다는 점입니다.[*] 프랑스인들은 우리가 영국에서 집처럼 편안함을 느끼길 바랍니다. 그리고 실제로 우리는 그렇습니다. 왜 안 그렇겠습니까? 결국, 우리에게는 여기가 집입니다.

마그누스. 어떤 의미로 하신 말씀이신지 여쭤봐도 될까요?

반하탄. 음, 우리가 익숙한 모든 것이 여기 있습니다. 우리 산업 제품, 우리 책, 우리 연극, 우리 스포츠, 우리 크리스천 사이언스 교회, 우리 접골사, 우리 영화, 특히 유성 영화 말입니다. 간단히 말해서 우리 상품과 우리 사상이라고 할 수 있겠죠. 우리와의 정치적 합병은 이미 완성된 사실을 공식적으로 인정하는 것일 뿐입니다. 마음의 합병이라고 부를 수도 있겠네요.

왕비. 잊으신 게 있네요, 반하탄 씨. 우리에게는 위대한 국가적 전통이 있답니다.

반하탄. 미합중국은, 왕비님, 모든 위대한 국가적 전통들을 흡수해서 우리네 영광스러운 전통, 즉 자유의 전통과 혼합하여 독특하고 보편적인 무언가로 만들었습니다.

왕비. 우리에게는 품격 있는 고유문화가 있습니다. 이게 당신들 것보다 더 낫다고 할 수는 없겠지만 이건 다릅니다.

---

[*] '옛 영국'이란 표현은, 이미 영국이 망해서 그 흔적은 고궁이나 박물관에나 가야 볼 수 있다는 뉘앙스가 담긴 말이니 영국 왕으로서는 매우 모욕적인 표현이다. 게다가 이웃 나라인 프랑스에 왔다가 잠시 다녀가는 나라에 불과하다니 기가 막혔을 것이다.

반하탄. 글쎄요, 그런가요? 우리는 그 문화가 영국의 물질적 예술품들 속에 담겨 있는 것을 발견했습니다. 당신네 귀족들의 위풍당당한 시골 저택들에서, 우리의 공통 선조들이 하느님의 시골집으로 지은 대성당들에서 말입니다. 당신들은 그것들을 어떻게 했습니까? 우리에게 팔았죠. 저는 엘리 대성당의 그늘에서 자랐습니다. 케임브리지 카운티에서 뉴저지로 그것을 이전한 것이 저희 돌아가신 아버지의 첫 번째 큰 전문적 일이었지요. 성당이 있던 자리에 서 있는 건물은 아주 훌륭합니다. 제 의견으로는 그 시대 강화 콘크리트 건축의 최고 사례죠.[*] 하지만 그것을 설계한 건 미국인 건축가였고, 건설한 건 국제 기업인 합성 건축자재 트러스트였습니다. 믿으십시오, 영국 국민, 즉 사물을 책으로 읽는 대신 있는 그대로를 받아들이는 진짜 영국 국민은 우리와 함께 있을 때 더 편안함을 느낄 겁니다. 우리 관광객들이 살려두려고 애쓰는 옛 영국 관념들과 함께 있을 때보단 말입니다. 크리스마스 같은 때 옛 영국 관습을 유지하는 어떤 시골 신사를 발견한다면, 그는 누구겠습니까? 그 장소를 산 미국인입니다. 당신의 국민이 그를 위해 쇼를 마련하는 건 그가 돈을 내기 때문이지, 그게 그들에게 자연스러워서가 아닙니다.

---

[*] 엘리 대성당(Ely cathedral)은 1083년 건립 후 지금까지 영국 캠브리지셔주의 엘리에 있다. 그런데 이걸 미국의 뉴저지로 이전했다고 했으니 돈이면 뭐든 할 수 있다는 미국적 사고방식을 풍자한 표현이다. 게다가 성당이 있던 자리엔 최신 공법의 콘크리트 건물을 세웠다니 이런 모욕이 없다.

왕비. [*한숨을 쉬며*] 우리나라 최고 명문가들이 요즘 아일랜드로 너무 많이 가요. 사람들이 영국에서 아일랜드로 가는 것을 막아야 해요. 그들은 절대 돌아오지 않거든요.

반하탄. 글쎄요, 그들을 탓할 수 있겠습니까, 왕비님? 기후를 보십시오!

왕비. 아니에요. 기후 때문이 아니라 말 품평회 때문이에요.*

왕이 매우 깊은 생각에 잠겨 일어서자, 반하탄도 따라 일어선다.

마그누스. 이 문제를 숙고해 봐야겠습니다. 나는 수년 전부터 이런 일이 언젠가는 일어날 수 있다는 걸 알았습니다. 내가 젊었을 때, 그리고 우리 가문의 전통에 영향받았을 때, 나는 실제로 영어권 제국이 재통합되어 문명의 선두에 서는 꿈을 꾸었습니다. 물론 그 전통에 따라 미국 식민지의 반란을 결코 정당한 것으로 인정하지 않았으니 말입니다.

반하탄. 훌륭합니다! 대단해요! 그리고 이제 실현되었군요.

마그누스. 아직은 아닙니다. 이제 나이가 들고 분별력이 생긴 나로

---

* 말 품평회란 아일랜드 더블린에서 매년 8월에 열리는 Royal Dublin Society Horse Show를 말한다. 당시 영국 상류층의 중요한 사교 행사였다.

선 현실이 꿈보다 덜 매력적이라는 걸 알게 되었습니다.*

반하탄. 그럼 제가 대통령께 보고할 게 그게 전부입니까? 그분은 실망하실 겁니다. 저 자신도 좀 당황스럽군요.

마그누스. 현재로서는 그게 전부입니다. 이것은 위대한 아이디어일 수도 있습니다만—

반하탄. 물론이죠, 당연하죠.

마그누스. 영국이 멸망할 함정일 수도 있습니다.

반하탄. [격려하듯] 아, 저라면 그렇게 보지 않겠습니다. 더구나 아무것도, 심지어 우리의 친애하는 옛 영국조차도 영원할 수는 없습니다. 진보입니다, 아시죠, 전하, 진보, 진보!

마그누스. 그렇습니다, 그렇습니다. 우리는 당신네 국기의 또 다른 별로만 살아남을지도 모릅니다. 그래도 우리는 당신들이 우리에게 남겨준 개성의 작은 파편에 매달립니다. 당신이 말한 대로 우리가 합병되어야 한다면, 아니, 잠긴다고 하셨던가요? 우리 중 일부는 끝까지 헤엄칠 겁니다. [왕비에게] 여보.

왕비가 징을 친다.
팜필리우스가 돌아온다.

---

* 마그누스가 젊었을 때 꿨던 꿈은 영국이 다시 미국을 지배하여 영어권 제국을 재건하는 것이었다. 그러나 지금 눈앞의 현실은 거꾸로 미국이 영국을 흡수하려는 상황이다. 쇼는 대영제국의 몰락과 미국의 부상이라는 20세기 초의 세력 변화를 신랄하게 일깨운다.

마그누스. 내각 회의 후에 연락드리겠습니다. 오늘 밤은 아닙니다. 메시지를 기다리며 밤을 새우지는 마십시오. 내가 내일 아침 일찍 답을 보내게 되길 희망합니다. 소식을 신문이 입수하기 전에 전해 주서서 감사합니다. 요즘은 그런 일이 거의 없거든요. 팜필리우스, 대사를 배웅해 드려요. 안녕히 가십시오. [악수한다].

반하탄. 전하께 감사드립니다. [왕비에게] 안녕히 계십시오, 왕비님. 곧 궁정 예복을 입고 알현하기를 기대하겠습니다.

왕비. 예복이 잘 어울릴 거예요, 반하탄 씨. 안녕히 가세요.

대사가 팜필리우스와 함께 나간다.

마그누스. [험악한 인상으로 성큼성큼 왔다 갔다 하며] 이 불한당들! 악당 오래퍼티! 얼간이에다 호통쟁이 보스필드! 파손 주식회사가 영연방을 손보겠다고 나섰어.

왕비. [조용히] 아주 좋은 일이라고 생각해요. 당신은 훌륭한 황제가 될 거예요. 우리가 이 미국인들을 문명화시킬 거예요.

마그누스. 우리 자신도 아직 문명화시키지 못했는데 어떻게 그들을 문명화시켜요? 그들은 우리를 단순한 인디언 부족으로 보게 되었어요. 영국은 그저 보호구역이 될 거예요.

왕비. 말도 안 돼요, 여보! 그들은 우리가 천성적으로 자기들보다 우월한 걸 알아요. 궁정에서 그들의 부인들이 행동하는 걸 보면 알 수 있어요. 그들은 왕실을 진심으로 사랑하고 존경하는 반면, 우리 영국 귀족 여성들은 예의를 간신히 지켜요. 그나마 얼굴이라도 비출 때는 말이에요.

마그누스. 글쎄, 여보, 나는 당신을 기쁘게 하려고 많은 일들을 하지요. 나 자신을 위해서라면 절대 하지 않을 일들 말이오. 결국 당신을 즐겁게 하려고 미국 황제가 되겠지요.

왕비. 저는 당신에게 좋지 않은 것은 절대 바라지 않아요, 마그누스. 무엇이 스스로에게 좋은지 당신이 늘 아는 건 아니에요.

마그누스. 알았어, 알았어, 알았어요! 당신 마음대로 해요, 여보. 이 지긋지긋한 장관들은 어디 있는 거야? 늦는군.

왕비. [정원을 내다보며] 셈프로니우스와 함께 잔디밭을 건너오고 있어요.

내각이 도착한다. 남자들은 계단을 올라오며 모자를 벗는다. 보아네르게스는 그새 화려한 제복을 구해서 갈아입었다. 프로테우스가 셈프로니우스와 함께 행렬의 앞에 서고 바로 뒤를 두 여성 장관이 따른다. 프로테우스가 왕비 쪽으로 돌아서자, 왕비가 일어선다. 셈프로니우스는 작은 테이블을 재빨리 난간 쪽으로 치우고 왕비의 의자를, 왕을 위해 중앙에 놓는다.

왕비. [악수하며] 안녕하세요, 프로테우스 씨?

프로테우스. 상무장관 보아네르게스 씨를 소개해도 되겠습니까?

왕비. 운송 노동자들의 여름 궁전 개관식에서 뵌 기억이 나네요, 보아네르게스 씨. 그때 아주 잘 어울리는 의상을 입으셨죠. 아직도 입고 계시길 바라요.

보아네르게스. 하지만 공주님께선 제가 그 옷을 입으니 우스꽝스럽다고 하셨는데요!

왕비. 공주가 아주 못되게 굴었군요. 유난히 잘 어울렸는데요. 하지만 당신은 뭘 입어도 잘 어울려요. 그럼, 이제 전 여러분이 일하시도록 가 봐야겠어요.

왕비가 테라스를 따라 나간다. 셈프로니우스가 그녀의 뜨개질감을 들고 따라간다.

마그누스. [앉으며] 앉으십시오, 숙녀와 신사 여러분.

그들은 먼저 모자를 난간에 두고, 찾을 수 있는 곳에서 이런저런 의자를 가져다 앉는다. 그들이 앉자, 왕의 오른쪽에서 왼쪽으로의 순서는 니코바르, 크라수스, 보아네르게스, 아만다, 왕, 프로테우스, 리시스트라타, 플리니, 발부스다.

잠시 침묵. 프로테우스는 왕이 시작하기를 기다린다. 왕은 깊은 생

각에 잠겨 아무 말도 하지 않는다. 침묵이 압박감을 준다.

플리니. [*수다스럽게*] 요즘 저녁 날씨가 좋네요.

아만다. [*푸 하고 웃음을 터뜨린다*]!!!

마그누스. 서쪽 지평선에 다소 험악한 구름이 있습니다, 플리니 씨. [*프로테우스에게*] 미국에서 온 소식을 들으셨습니까?

프로테우스. 들었습니다, 전하.

마그누스. 그 문제에 대해 장관들의 조언을 들을 수 있을까요?

프로테우스. 전하께서 허락하시면 최후통첩 문제를 먼저 다루겠습니다.

마그누스. 영연방의 수도가 워싱턴으로 옮겨지면 최후통첩이 별 의미가 있을까요?

니코바르. 그 전에 먼저 멜버른이나 몬트리올이나 요하네스버그로 옮겨지는 걸 보게 될 겁니다.

마그누스. 거기에 머물지 않을 겁니다. 진짜 무게중심에만 머물겠죠.

프로테우스. 그 점에는 동의합니다. 옮겨진다면 서쪽으로 워싱턴이나, 동쪽으로 모스크바로 가겠죠.

보아네르게스. 모스크바는 자신을 대단하다고 여기죠. 하지만 우리가 스스로는 배울 수 없는 것 중에서 어떤 걸 모스크바가 우리에게 가르쳐야 하죠? 모스크바는 카를 마르크스가 런던에서 쓴

영국 역사 위에 세워졌습니다.[*]

프로테우스. 그렇죠. 그리고 영국 왕이 또 당신을 옆길로 빠지게 했군요. [마그누스에게] 최후통첩은 어떻게 하실 겁니까, 전하? 5시에 결정을 알려 주기로 약속하셨는데 지금은 5시 15분입니다.

마그누스. 이 문제를 논리상의 결말까지 밀어붙이기로 단단히 결심하신 겁니까? 그렇게 하는 것이 얼마나 비영국적인지 아시잖습니까?

프로테우스. 제 조상은 스코틀랜드에서 왔습니다.[**]

리시스트라타. 거기 그냥 있었으면 좋았을 텐데. 저는 영국인입니다. 제 몸의 뼈 마디마디…

보아네르게스. [큰 소리로] 나도 마찬가지요!

프로테우스. 영국을 위해 생각해 줄 스코틀랜드인이 없다면 영국은 끝장이죠!

마그누스. 내각은 그 말에 뭐라고 하시겠습니까?

---

[*] 카를 마르크스(1818-1883)는 1849년부터 런던에서 살면서 대영박물관 도서실에서 영국 자본주의를 연구해 '자본론'을 썼다. 보아네르게스는 이 책이 러시아 혁명의 이론적 기초가 되었다는 점을 들어, 소련 체제의 사상적 뿌리가 결국 영국에 있다고 말한 것이다.

[**] 영국인들은 전통적으로 어떤 문제를 논리적 결론까지 밀어붙여 양자택일을 강요하기보다, 타협과 모호함 속에서 적당히 봉합하는 실용주의적 정치문화를 가진 것으로 알려져 있다. 왕이 이 점을 이용해 '최후통첩에 예나 아니오로 답하라고 몰아붙이는 건 비영국적이다(unEnglish)'라며 총리를 은근히 비난한다. 이에 총리가 "제 조상은 스코틀랜드에서 왔습니다"라고 받아치는 것은, 스코틀랜드인이 잉글랜드인보다 더 원칙적이고 논리적이라는 뉘앙스를 담고 있다.

아만다. 여기 있는 분들의 조상은 모두 스코틀랜드나 아일랜드나 웨일스나 예루살렘이나 어딘가에서 왔습니다, 전하. 여기서 영국인의 정서에 호소해 봐야 소용없습니다.

크라수스. 제가 보기에 정치는 영국인에게 맞지 않습니다.

마그누스. 그렇다면 정치에 남은 유일한 영국인인 나는 완전히 무의미한 존재가 되어야 한다는 겁니까?

프로테우스. [무뚝뚝하게] 그렇습니다. 저희의 입장을 빨갛게 칠한다고 저희가 겁먹을 것으로 생각하지 마십시오. 마음만 먹으면 저도 전하의 입장을 까맣게 칠할 수 있습니다. 명백히 말씀드리면 저희는 전하께 무조건 항복을 요구합니다. 거부하신다면 저는 영국이 절대군주제가 되어야 하는지, 입헌군주제가 되어야 하는지를 국민에게 묻겠습니다. 저희 장관들은 모두 그 점에 동의했습니다. 사퇴는 없을 겁니다. 불참한 정부 구성원들의 편지는 받았고, 참석한 분들은 직접 말할 겁니다.

나머지 남성 장관들 모두. 동의합니다, 동의합니다.

프로테우스. 자, 대답이 뭡니까?

마그누스. 절대군주제 시대는 지났습니다. 여러분은 나 없이도 해낼 수 있다고 생각하시지만, 나는 여러분 없이는 해낼 수 없다는 걸 압니다. 당연히 입헌군주제를 선택하겠습니다.

남성 장관들. [크게 안도하고 기뻐하면서] 옳소! 옳소!

마그누스. 잠시만요.

갑작스러운 침묵과 의혹.

프로테우스. 아하! 함정이 있군요, 그렇죠?

마그누스. 정확히 함정은 아닙니다. 하지만 여러분 덕분에 나는 자신이 입헌군주로 적합하지 않다는 사실을 마주하게 되었습니다. 천성적으로 나는 필요한 자기 절제를 지킬 수가 없습니다.

아만다. 음, 그건 어쨌든 사실이네요. 전하와 저는 단짝이군요.

마그누스. 감사합니다. 따라서 여러분의 입헌주의 원칙을 잠시도 미루지 않고 받아들이면서도, 내가 최후통첩에 서명할 수는 없습니다. 왜냐하면 그렇게 함으로써 내가 지킬 수 없을 걸 아는 개인적 약속을 하게 되기 때문입니다. 사실 나는 반드시 어기게 될 겁니다. 내 안에는 여러분의 입헌적 제약이 억누를 수 없는 힘이 있으니까요.

발부스. 최후통첩에 서명하지 않는다면서 어떻게 저희의 원칙을 받아들이실 수 있습니까?

마그누스. 아, 그건 조금도 어렵지 않습니다. 정직한 사람이 공직자의 의무를 수행할 수 없다는 걸 알게 되면 사임합니다.

프로테우스. [놀라서] 사임한다고요! 무슨 속셈입니까?

크라수스. 왕은 사임할 수 없습니다.

니코바르. 스스로 목을 벤다고 말하는 것과 같습니다. 자기 목을 벨 수는 없습니다.

보아네르게스. 하지만 다른 사람들이 해 줄 수는 있죠.

마그누스. 말싸움은 하지 맙시다, 여러분. 저는 사임할 수 없습니다. 하지만 퇴위할 수는 있습니다.

나머지 모두. [벌떡 일어서며] 퇴위라고요! [대경실색해서 그를 쳐다본다].

아만다. [내림 단조 음계를 매우 의미심장하게 휘파람으로 불며] !!! !!!!! [앉는다].

마그누스. 물론 퇴위합니다. 리시스트라타, 당신은 역사 교사였죠. 퇴위에 선례가 없지 않다는 걸 당신의 동료들에게 확인해 주실 수 있습니다. 예를 들어 카를 5세는—

리시스트라타. 아, 카를 5세는—그만두세요! 그는 그다지 적절한 예가 아니에요.[*] 전하, 저는 감히 할 수 있는 한 전하 편에 섰습니다. 저를 저버리지 마세요. 퇴위하시면 안 됩니다. [괴로워하며 앉는다].

프로테우스. 제 조언 없이는 퇴위할 수 없습니다.

마그누스. 당신 조언에 따라 행동하는 겁니다.

프로테우스. 말도 안 돼요! [앉는다].

---

[*] 카를 5세(1500-1558): 신성로마제국 황제이자 스페인 왕. 유럽과 아메리카에 걸친 방대한 제국을 다스렸으나, 종교 분열(개신교와 가톨릭), 프랑스 및 개신교 제후들과의 전쟁 실패, 재정 위기, 건강 악화 등으로 1556년 퇴위했다. 자발적 퇴위라는 점은 비슷하나, 카를 5세는 제국 통치의 한계를 인정하고 물러났지만, 마그누스는 내각과의 정치 갈등으로 퇴위하려는 것이라 상황이 다르다.

발부스. 터무니없어요! [*앉는다*].

플리니. 진심은 아니시잖아요. [*앉는다*].

니코바르. 이렇게 사과수레를 뒤엎을 순 없습니다. [*앉는다*].

크라수스. 이건 정말 반칙이라고 말씀드려야겠네요. [*앉는다*].

보아네르게스. [*힘차게*] 글쎄, 왜 안 되죠? 왜 안 됩니까? 늙은 공화
주의자로서 저는 전하를 왕으로서는 존경하지 않지만 강한 남자
로서는 크게 존경합니다. 하지만 전하만 있는 게 아니잖습니까.
왜 군주제라는 이 미신을 끝내고 영연방을 오늘날의 다른 모든
강대국처럼 공화국으로 만들지 않습니까? [*그가 앉는다*].

마그누스. 내 퇴위가 그걸 의미하는 건 아닙니다, 보아네르게스
씨. 나는 군주제를 구하기 위해 퇴위하는 것이지 파괴하려는 게
아닙니다. 아들 로베르트, 즉 웨일스 공이 계승할 겁니다. 아들은
훌륭한 입헌군주가 될 겁니다.

플리니. 오, 이러지 마세요! 그 젊은이에게 너무 가혹하게 굴지 마
세요, 전하. 그분은 머리가 좋은 분이잖아요.

마그누스. 아, 네, 네, 네. 아들이 변변찮다는 뜻은 아니었습니다.
정반대죠. 나보다 훨씬 똑똑합니다. 하지만 나는 아들이 의회정
치에 관심을 갖도록 설득할 수가 없었습니다. 아들은 지적인 일
을 더 좋아합니다.

니코바르. 믿지 마세요. 왕자님은 일에 빠져 있습니다.

마그누스. 바로 그거죠. 아들은 나에게, 실제로는 파손 주식회사가

나라를 다스리는데 왜 여기서 여러분과 시간을 낭비하며 나라를 다스리는 척하느냐고 묻습니다. 그런데 정말 뭐라고 대답해야 할지 모르겠습니다.

크라수스. 요즘은 다 그래요. 제 아들도 똑같은 말을 합니다.

리시스트라타. 개인적으로 저는 왕자님과 잘 지내지만, 왠지 왕자님은 저의 일에 관심이 있는 것 같지 않아요.

발부스. 관심 없죠. 당신이 왕자님을 방해하지 않는 한, 왕자님도 당신을 방해하지 않을 겁니다. 우리에게 딱 맞는 왕이에요. 고집스럽지도 않고, 참견하지도 않고, 우리가 하는 일이 전혀 중요하지 않다고 생각하시죠. 어떻게 생각해요, 조?

프로테우스. 결국, 왜 안 되겠습니까? 전하께서 진심이라면요.

마그누스. 정말로 진심입니다.

프로테우스. 자, 이런 국면 전환은 예상하지 못했다고 고백합니다. 하지만 예상해야 했죠. 전하께서 제안하신 것은 우리의 난제에 대한 직설적이고, 논리적이며, 지적으로 정직한 해결책입니다. 그래서 제가 정치적으로는 도저히 기대할 수 없었던 해결책이죠. 하지만 저는 전하의 성품을 고려하지 못했습니다. 생각하면 할수록 전하께서 옳다는 것이, 즉 전하께 열린 유일한 길을 가고 계신다는 것이 더 분명해집니다.

크라수스. 저는 반대한다고 말한 적이 없어요, 조.

발부스. 저도요.

니코바르. 충분히 일리가 있다고 생각합니다. 저는 반대하지 않아요.

플리니. 이 왕이나 저 왕이나 다 거기서 거기 아닌가요?

보아네르게스. 저 왕이 더 낫기는 하고요?* 조가 손가락 하나만 들어도 이리저리 생각을 바꾸는 당신들 꼴이 역겹군요. 이건 양 떼 내각이에요.

프로테우스. 그럼, 당신이 양 떼를 더 잘 이끌 수 있거든 해 보세요. 다른 제안이 있습니까?

보아네르게스. 당장은 없습니다. 이런 건 미리 통보받았어야죠. 하지만 전하께서는 옳다고 생각하는 대로 하셔야겠죠.

프로테우스. 그럼, 염소도 양하고 함께 가는군요. 다 해결됐네요.

보아네르게스. 누구보고 염소라는 겁니까?

니코바르. 그러는 당신은 누구보고 양이라는 거요?

아만다. 진정해요, 이봐요! 진정! 진정! [왕에게] 전하께서는 늘 그렇듯이 우리 모두를 설득하셨네요.

프로테우스. 더 이상 할 말이 없습니다.

아만다. 그 말은 적어도 30분은 더 간다는 뜻이죠.

보아네르게스. 이 여자야, 지금은 당신이 농담할 때가 아니야.

프로테우스. [엄숙하게] 빌 말이 맞아요, 아만다. [일어나서 전형적인 하원 연설가가 된다].

---

* 어느 왕이든 다 비슷하다면서 왜 퇴위에 찬성하는 분위기냐고 동료들을 비판하는 말이다.

장관들은 교회에서처럼 진지하게 주의를 기울이며 자세를 가다듬지만, 리시스트라타는 가소로워하고 아만다는 재미있어 한다.

프로테우스. [계속해서] 엄숙한 순간입니다. 오래된 인연이 끊어지는 순간입니다. 저는 이 인연에서 뭔가를 배웠다고 고백하는 것이 부끄럽지 않습니다.

남성 장관들. [중얼거린다] 옳소! 옳소!

프로테우스. 저로서는, 그리고 여기 계신 다른 분들도 마찬가지라고 생각합니다만, 이 인연은 단순한 정치적 인연이 아니라 진실한 우정의 인연이었습니다.

동조하는 소리가 다시 들린다. 감정이 고조된다.

프로테우스. 우리 사이에 의견 차이가 생긴 적이 있습니다. 우리 중 누구에게는 없었겠습니까? 그것은 가족 간의 다툼이었습니다.

크라수스. 그게 전부예요. 그 이상은 없었죠.

프로테우스. 연인들의 다툼이라고 해도 될까요?

플리니. [눈물을 닦으며] 그래도 돼요, 조. 그래도 돼요.

프로테우스. 친구들이여, 우리는 회의하러 왔습니다. 하지만 애석하게도 회의가 작별이 될 줄은 몰랐습니다. [크라수스가 눈물겹게 코를 훌쩍인다] 우리로서는 슬프지만 진정 어린 작별입니다. [플리

니의 '옳소] 풀이 죽은 정도이지 희망을 놓은 정도는 아닙니다. 과거를 아쉬움으로 돌아보지만 여전히 미래를 희망으로 바라볼 수 있습니다. 그 미래에는 위험과 어려움이 있을 것입니다. 미래는 우리에게 새로운 문제들을 가져올 것이고 새로운 왕과 마주하게 할 것입니다. 하지만 새로운 문제들과 새로운 왕이 우리의 옛 고문이자 군주이자 동지를 잊게 만들지는 못할 것입니다. 전하께서 자신을 동지라고 부르도록 허락하신다면 말입니다. *[마음대로 '옳소, 옳소'를 외치는 소리]* 제가 이렇게 마무리할 때 제 말이 여러분 모두의 마음속에서 메아리칠 것을 압니다. 어떤 왕이 다스리든―

아만다. 당신은 브레이의 목사*일 테니, 조.

---

* 브레이의 목사(The Vicar of Bray)는 16-18세기 영국의 유명한 풍자 대상이다. 브레이(Bray)라는 마을의 교구 목사가 왕이 바뀔 때마다, 즉 가톨릭 왕이 오면 가톨릭으로, 개신교 왕이 오면 개신교로 종교를 바꿔 가며 자리를 지킨 실제 한 인물 혹은 여러 인물을 가리킨다. 이에 대한 풍자 노래도 있는데 후렴구가 다음과 같다.
'이게 내 철칙, 죽는 날까지
변치 않으리, 친구여.
어떤 왕이 다스리든
나는 브레이의 목사일 테니, 친구여!
And this is law, I will maintain,
Until my dying day, sir,
That whatsoever king shall reign,
I will be the Vicar of Bray, sir!'
프로테우스의 대사 마지막 부분이 후렴구의 넷째 구절과 부합하니 아만다가 마지막 구의 '나'와 '친구여' 대신에 '당신'과 '조'로 바꿔 말한 것이다. 얼떨결에 튀어나온 말이지만, 왕이 바뀌어도 당신은 총리로 남을 테니 퇴위를 그렇게 쉽게 받아들인다는 비아냥이 담겼다.

소동. 프로테우스는 분개하여 의자에 털썩 주저앉는다.

발부스. 부끄러운 줄 아세요!

니코바르. 입 다물어요, 이—

플리니. 아무리 농담이라지만, 정말—

크라수스. 너무해요, 아만다! 예의를 지키세요.

리시스트라타. 아만다는 말할 권리가 있어요. 당신들은 감상적인 바보들이에요.

보아네르게스. [*일어서며*] 조용! 조용!

아만다. 죄송해요.

보아네르게스. 당연히 죄송해야 하죠. 예의는 어디에다 뒀어요? 배운 건 어디 갔고요? 마그누스 전하, 우리는 헤어집니다. 하지만 강한 남자들이 헤어지듯이 친구로서 헤어집니다. 총리가 여기 계신 모든 남자의 심정을 정확히 대변했습니다. 저는 이들에게 그 심정을 영국의 정겨운 옛 방식으로 드러내 보자고 제안합니다. [*우렁찬 목소리로 노래하며*] 왜냐하면—

프로테우스를 제외한 남성 장관들. [*일어나면서 노래하며*]

—그는 유쾌하고 좋은 친구

왜냐하면 그는 유쾌하고 좋은 친구

왜냐하면 그는——*

마그누스. [단호하게] 그만. 그만하세요.

갑작스러운 침묵과 의구심. 그들은 슬그머니 앉는다.

마그누스. 진심으로 감사드립니다. 하지만 오해가 있습니다. 우리
는 서로 작별하는 것이 아닙니다. 나는 정치에서 적극적인 역할
을 그만둘 생각이 없습니다.

프로테우스. 뭐라고요!!

마그누스. 여러분은 깊이 감동하게 하는 감정을 실어서 나를 정치
생명이 끝난 사람으로 보고 계십니다. 하지만 나는 오히려 자신
을 정치생명이 계속될 사람으로 봅니다. 아직 내 계획을 말씀드
리지 않았습니다.

니코바르. 무슨 계획요?

발부스. 퇴위한 왕은 계획도 미래도 가질 수 없습니다.

마그누스. 왜 안 됩니까? 나는 가장 홍미롭고 즐거운 시간을 기대
하고 있습니다. 나는 당연히 의회를 해산할 테니까 총선으로 재
미가 시작될 겁니다.

보아네르게스. [경악하며] 하지만 저는 이제 막 당선됐는데요. 한

---

* 축하나 칭송을 위한 영국의 전통 노래 'For He's a Jolly Good Fellow'의 일부.

달에 두 번 선거를 치러야 한다는 말입니까? 비용은 생각해 보셨습니까?

마그누스. 당연히 선거 비용은 국가가 대겠죠.

보아네르게스. 국가가 댄다고요! 영국의 선거운동에 대해 그것밖에 모르십니까?

프로테우스. 당 자금에서 당신 몫을 받을 거예요, 빌. 추가 비용을 못 구하면 깨끗한 표만으로 만족해야지. 계속하세요, 전하. 계획에 대해 듣고 싶습니다.

마그누스. 내가 왕으로서 하는 마지막 일은 모든 칭호와 작위를 버리는 겁니다. 그래야 즉시 평민의 지위로 내려갈 수 있으니까요.

보아네르게스. 올라간다고 하셔야죠. 평민이야말로 칭호를 가진 사람보다 우월한 존재지, 열등한 게 아니잖습니까.

마그누스. 바로 그래서 내가 평민이 되려는 거요, 보아네르게스 씨.

플리니. 음, 대단한 결심입니다.

크라수스. 우리가 모두 그런 희생을 할 수 있는 건 아니죠.

보아네르게스. 멋진 처신입니다, 전하. 멋진 처신이에요. 인정합니다.

프로테우스. [의심스럽게] 그런데 대체 언제부터 전하께서 멋진 처신 같은 걸 하시기 시작했죠? 이번엔 무슨 속셈인가요?

보아네르게스. 부끄러운 줄 아시오!

프로테우스. 닥쳐, 이 얼간이야. [왕에게] 그래서, 무슨 속셈이냐고요?

마그누스. 당신은 못 속이겠군요, 총리. 속셈이라면, 물론 내가 정계로 돌아올 때 귀족보다는 평민으로서 더 유리한 위치에 있게 된다는 겁니다. * 의회 의석을 노릴 거요.

프로테우스. 전하가 하원에 들어간다고요!

마그누스. [태연하게] 다가오는 총선에서 윈저 왕실 자치구에 후보로 출마할 생각이오.

보아네르게스와 여성들을 제외한 나머지 모두가 경악하여 일어선다.

프로테우스. 이건 배신입니다.

발부스. 비열한 농간이지.

니코바르. 역사상 가장 치사한 짓입니다.

플리니. 득표율 1위를 하실 거예요.

크라수스. 투표고 뭐고 없을걸. 무투표 당선이겠지.

발부스. 이제야 당신의 그 모든 점잖은 매너와 친절한 태도의 실체를 알겠군.

니코바르. 위선자!

크라수스. 사기꾼!

리시스트라타. 전하의 성공을 기원합니다.

아만다. 옳소! 공정하게 합시다, 여러분. 왜 전하가 우리와 함께 의

---

* 영국 의회는 양원제로, 당시엔 평민만 하원의원이 될 수 있었다. 하원이 정치권력의 실질적 중심이므로, 왕은 퇴위 후 모든 작위를 버리고 평민 신분으로 하원에 진출하려는 것이다.

회에 들어가면 안 되죠?

보아네르게스. 말 잘했어요! 말 잘했어! 왜 안 됩니까?

다른 남성 장관들. 으아아악! [완전히 역겨워하며 자리에 주저앉는다].

프로테우스. [매우 시무룩하게] 그래서 의회에 들어가면 그다음엔 뭘 하실 건가요?

마그누스. 여러 가능성이 있어요. 나는 당연히 정당을 만들려고 노력할 거요. 아들인 로버트 왕은 정부를 구성하기 위해, 하원에서 다수의 지지를 얻은 정당의 지도자를 총리로 지명해야 할 겁니다. 당신을 지명할 수도 있고 나를 지명할 수도 있지요.

아만다. [국가를 한두 소절 휘파람으로 불어서 우울한 침묵을 깬다]!!

마그누스. 무슨 일이 일어나든, 우리가 공개적으로 서로에 대해 아주 솔직하게 말할 수 있다는 건 속 시원한 일일 테지요. 당신들은 나에 대해 진짜로 어떻게 생각하는지 영국민에게 한 번도 말할 수 없었어요. 왕에 대한 진정한 비판은 불가능하니까. 나 역시 당신들의 여러 능력과 인격에 대해 내 생각을 말할 수 없었고. 그 모든 자제, 그 지겨운 가식, 그 병적인 은폐가 끝날 겁니다. 우리의 새로운 관계를 나만큼이나 당신들도 즐겁게 기대하길 바랍니다.

리시스트라타. 저는 기쁩니다, 전하. 전하께서 저를 위해 파손 회사와 싸워 주실 거잖아요.

아만다. 정말 신나는 일이 될 거예요.

보아네르게스. 자, 총리, 우리는 기다리고 있습니다. 이것에 대해 뭐라고 하실 건가요?

프로테우스. [일어서서 이맛살을 크게 찌푸리며 천천히 말한다]. 전하께서는 그 최후통첩을 가지고 계신가요?

마그누스. [가슴 주머니에서 꺼내어 그에게 건넨다]!

프로테우스. [신중하게 두 번 찢어 종이를 네 조각으로 만든 뒤 던져 버리곤 차분하게 힘주어] 퇴위 같은 건 없을 겁니다. 총선도 없을 겁니다. 최후통첩도 없을 겁니다. 우리는 전과 같이 계속합니다. 위기란 건 헛소동이 되고 말았습니다. [왕을 향해 극도로 억누른 감정을 담아] 이 일은 절대 용서하지 않을 겁니다. 당신은 오늘 아침에 내가 낸 패에서 비장의 카드를 훔쳤어요. [난간에서 모자를 집어 들고 공원을 통해 나간다].

보아네르게스. [일어서며] 방금 총리가 보인 것은 매우 개탄스러운 감정 표출이었습니다, 전하. 그건 강한 남자의 처신이 아니었습니다. 저는 그를 타이르겠습니다. 저에게 맡겨 주세요. [모자를 집어 들고 진지하고 위엄 있는 태도로 프로테우스를 따라간다].

니코바르. [일어서며] 뭐, 제 생각은 말하지 않겠습니다. [모자를 집으려 할 때, 왕이 그에게 말을 건다].

마그누스. 그러니까 결국 내가 사과수레를 뒤엎지는 않았군요, 니코바르 씨.

니코바르. 원하시면 언제든 뒤엎으세요. 저는 관심이 없으니까요. 정치에서 손을 떼렵니다. 정치는 바보들이나 하는 짓이에요. [나간다].

크라수스. [*마지못해 일어서고는 모자를 집어 들며*] 닉이 나간다면 저도 나가야겠군요.

마그누스. 정말로 정치에서 손을 뗄 수 있겠소?

크라수스. 파손 회사가 놔준다면 저야 기꺼이 빠져나가고 싶죠. 그들이 저를 정치판에 밀어 넣었으니 어차피 다른 일자리를 찾아 주겠죠. [*나간다*].

플리니. [*모자를 가지러 가면서도 끝까지 쾌활하게*] 뭐, 아무 일도 일어나지 않아서 다행입니다. 아시다시피, 전하, 내각에서는 실제로 아무 일도 일어나지 않거든요. 저들의 성질머리는 신경 쓰지 마세요. 내일이면 전하 손바닥 위에서 모이를 먹을 겁니다. [*나간다*].

발부스. [*모자를 집은 뒤*] 이제 다들 나갔으니 솔직히 말씀드립니다. 만약 왕위에 무슨 일이 생겨서 전하께서 대통령이 되어 내각을 구성한다면, 흠이 많은 저보다 못한 내무장관을 만나기가 쉬울지도 모릅니다.

마그누스. 명심하지요. 그런데 혹시 총리를 따라잡게 되거든, 미국이 영연방을 합병하겠다고 제안한 그 작은 문제를 해결하는 걸 우리가 깡그리 잊고 있었다고 상기시켜 주시겠소?

발부스. 맙소사, 정말 그랬어요! 그거 참 웃기는군요! 하하! 하하하 하하! [*크게 웃으며 나간다*].

마그누스. 그들은 사태의 심각성을 이해하지 못해요, 리지. 조금도. 마치 다른 행성이 우리와 충돌하는 것 같은데도. 왕국과 권력과 영광이 우리에게서 떠나가고, 마침내 우리는 발가벗겨진 채 자신의 진짜 모습을 마주하게 될 텐데.

리시스트라타. 우리의 진짜 모습이, 남달랐던 옛 영국인의 혈통을 의미한다면 오히려 더 좋은 일이죠.* 요즘 온 세상 남자들은 호텔 정찬처럼 다 비슷비슷해요. 조지 워싱턴의 미국이 앤 여왕의 영국을 집어삼킬 거라고 여기는 건 무의미해요.** 조지 워싱턴의 미국은 앤 여왕만큼이나 과거가 되었어요. 그들이 미국인이라고 부르는 존재는 그저 청교도 선조인 척하는 이탈리아계 이민자일 뿐이에요. 전하가 존 불이 아닌 것처럼 그 존재는 조너선 삼촌이 아니에요.***

마그누스. 맞아요. 우리는 서로 섞여가는 이민자들의 세계에 살고 있어요. 게다가 모든 국경이 사라지면 런던은 테네시나 다른 모든

---

* 왕이 영국의 장래를 비관적으로 말하자, 리시스트라타는 오히려 그것이 더 나을지 모른다고 답한다. 제국의 허울을 벗으면 다른 어느 민족과도 달랐던 본래의 영국인 다움을 되찾을 수 있다는 뜻이다.

** 미국 초대 대통령(1789-1797)인 조지 워싱턴과 영국의 앤 여왕(재위: 1702-1714) 은 시기적으로 아무 상관이 없는 인물들이다. 지난날의 미국과 영국을 상징하는 인물로 선택된 것일 뿐이다.

*** 존 불과 조너선 삼촌은 각각 영국과 미국의 전형적인 남성 캐릭터인 셈이다. 양국 모두 전통적인 국민적 정체성을 잃었다는 뜻이다. 미국의 전통적 상징은 '조너선 형제(Brother Jonathan)'였으나, 영미 전쟁 중이던 1813년 엉클 샘이라는 명칭이 처음 생겼다. 작가가 엉클 샘과 대구를 이루기 위해 '조너선 삼촌(Uncle Jonathan)'이라고 표기한 것으로 보인다.

곳에 투표에서 밀릴 수도 있어요. 우리가 여전히 미친 듯이 아이들에게 18세기 촌 학교의 사고방식을 가르치는 곳들 말이에요.[*]

리시스트라타. 걱정하지 마세요, 전하. 가장 무지한 국민 집단이 승리하는 게 아니라, 최고의 발전소가 승리할 겁니다. 발전소 없이는 살 수 없고, 애국가와 외국인 혐오, 헛소리, 허깨비로는 발전소를 돌릴 수 없으니까요. 민족주의는 그런 것들만으로도 돌아가지만요. 하지만 전하께서 우리와 함께 의회에 들어오셔서 옛 영국을 앞장세우고 파손 회사에 맞서 새 정당을 이끌지 않으신다니 정말 가슴이 아파요. [눈에 눈물이 고인다].

마그누스. [위로하듯 그녀의 등을 토닥이며] 그랬다면 정말 멋졌겠지, 그렇죠? 하지만 나는 너무 구닥다리예요. 이건 더 젊은 사람들이 끝내야 할 소극(笑劇)이고.

아만다. [그녀의 팔을 잡으며] 나랑 집에 가요, 친구. 당신이 웃을 수밖에 없을 때까지 노래해 줄게요. 갑시다.

리시스트라타는 손수건을 주머니에 넣고 충동적으로 왕의 두 손을 잡아 악수하고는 아만다와 함께 나간다. 왕은 깊은 생각에 잠긴다.

---

[*] 미국과 합병되면 인구가 많은 미국 쪽이 투표에서 영국을 압도하게 된다. 마찬가지로 세련된 런던이 낙후된 시골 지역보다 표 대결에서 뒤질 수도 있다. 가령 미국의 테네시 주는 1925년 진화론을 가르친 교사를 재판한 "스콥스 재판(Scopes Trial)", 일명 "원숭이 재판"으로 세상의 조롱을 받았으며 반지성주의의 상징이 되었다. 여기서 "우리가 여전히 가르치는"이라는 말은, 교육이 낙후되기로는 영국도 오십보백보라는 자기비판을 담고 있기도 하다.

이윽고 왕비가 돌아온다.

왕비. 자, 마그누스. 저녁 식사 옷차림으로 바꿀 시간이에요.

마그누스. [*매우 당황하며*] 아, 지금은 안 돼. 생각할 아주 중요한 일이 있어요. 저녁을 안 먹을 거요.

왕비. [*단호하게*] 저녁을 안 먹는다고요! 그런 말을 들어 본 사람이 있나요! 당신은 자기가 7시 이후에 생각하면 잠을 못 자는 사람이란 걸 알잖아요.

마그누스. [*걱정스럽게*] 하지만 정말로, 제미마―

왕비. [*그에게 가서 팔을 잡으며*] 자, 자, 자! 말썽부리지 말아요. 난 저녁 식사 자리에 늦으면 안 돼요. 착한 아이처럼 따라오세요.

왕은 체념 어린 애정이 담겼지만 찡그린 표정으로 끌려 나간다.

서문

이 연극이 국내외에서 처음 공연되었을 때, 책으로 출간될 때에는 분명 민주주의에 관한 장황한 서문이 딸려 나올 거라고 여러 사람이 자신 있게 예상했다. 한때 악명 높은 민주주의자였던 내가 왜 외견상 정반대 편으로 돌아서서 헌신적인 군주주의자가 되었는지를 설명하기 위해서 말이다. 드레스덴에서는 이 공연이 민주주의에 대한 모독이라는 이유로 실제로 금지당하기까지 했다.

도대체 이 소동은 무엇 때문이었을까? 나는 한 편의 희극을 썼을 뿐이다. 작품에서 왕은, 민중이 선출한 총리가 왕에게서 언론과 강연을 통해 여론에 영향을 미칠 권리를 빼앗으려는 시도, 즉 왕을 허수아비로 만들려는 시도를 물리친다. 왕의 대응은 이렇다. 허수아비가 되느니 차라리 왕위를 버리고 자신이 직접 민중의 선거를 통해 총리가 되겠다는 것이다. 그 가능성도 분명히 매우 밝아 보인다. 모든 사람에게 투표권을 주는 우리의 제도가 국민을 대표하는 의회를 만든다고 믿는 사람들에게는 이런 해결책이 완전히 민주적으로 보일 것이므로, 총리는 당연히 즉시 이 대응을 기쁘게 받아들여야 할 것이다. 하지만 총리가 현실을 더 잘 안다. 그런 변화 때문에 반민주적인 군주주의자들의 표가 총리 자신에게는 불리하게 결집될

뿐만 아니라, 그로선 두려워할 수밖에 없는 능력을 갖춘 유일한 공인인 왕을 호적수로 맞게 될 것이다. 이 상황의 희극적 역설은 왕이 승리를, 자신의 권위를 행사해서가 아니라 오히려 그 권위를 포기하고 민주적 선거에 나서겠다고 위협해서 얻는다는 점이다.

자신을 열렬한 민주주의자라고 믿는 비평가들이 대단히 많이 있다. 이들은 세습 왕이 선출된 총리를 상대로 거둔 완전히 개인적인 승리를 독재가 민주주의를 이긴 것으로 받아들이고, 그것을 극화한 것을 작가의 정치적 변절 행위로 간주했다. 바로 이 점 때문에, 나는 우리가 공언하는 정치 원칙에 대한 애착이라는 게 단지 저명한 인물들에 대한 우리의 우상숭배를 감추는 가면일 뿐이란 것을 확신하게 된다. '사과수레'는 우리의 이상주의자들이 생각하는 민주주의와 군주주의의 비현실성을 폭로한다. 우리네 자유당 쪽 민주주의자들은 입헌군주라는 허구를 믿는다. 입헌군주는 총리의 손가락이 왕의 소매에 들어가 조종하기 전까지는 움직일 수 없는 일종의 꼭두각시다. 그들은 또 다른 허구인 '책임 장관'을 믿는다. 이 장관 역시 수백만 유권자들의 손가락이 조종해 줄 때만 움직인다. 하지만 입헌군주와 책임 장관이라는 두 인물을 아주 피상적으로만 살펴봐도 그들이 꼭두각시가 아니라 살아 있는 인간이라는 것을 알게 된다. 게다가 장관이 군주를 통제하고 유권자가 이 둘을 통제한다는 말은, 불확실하면서도 평상시에는 현실화될 가능성이 희박하기도 한 결과에 대한 두려움에 지나지 않는다는 것임을 알게 된다. 그 두

157
서문

려움이라는 것도 영향력이 별로 없는 것이지만 말이다. 우리 정치 체제에서 꼭두각시에 가장 가까운 것은 거대한 공공기관의 수장인 내각 장관이다. 그는 아주 예외적으로 뛰어난 지배력과 관련 지식을 가지지 않는 한, 관료들의 손아귀에서 무력하다. 그는 관료들이 제시하는 어떤 문서든 서명해야 하고, 의회에서 질문에 답할 때 관료들이 입에 넣어 주는 어떤 말이든 되풀이해야 한다. 자기 일에 충실한 왕에게 이런 순종을 강요할 수는 없다. 왜냐하면 왕은 계속해서 일하는 반면 장관 자리는 재직 기회가 드물고 그 기간이 짧은 데다, 최고 책임을 위한 훈련도 경험도 거의 없거나 전혀 없는 고령자들이 처음으로 이 자리에 오르는 경우가 많기 때문이다. 조지 3세와 빅토리아 여왕은 엘리자베스 여왕과는 달리 정치적으로 천재적인가, 두루 유능한가라는 점에서 장관들보다 천부적으로 우월하지는 않았다. 하지만 두 군주는 국정의 많은 목적에 있어서 필연적으로 경험에서, 교활함에서, 자기 책임의 한계뿐만 아니라 그에 따른 무책임의 한계에 대한 정확한 지식에서 장관들보다 우월했으며, 한마디로 이러한 우월함이 빚어내는 권위와 실질적 권력에서 우월했다. 군주들과 접촉해 본 매우 영리한 사람들은 너무나 깊은 인상을 받아서 군주들에게 특별한 천부적 자질이 있다고 생각했다. 하지만 지금 역사적 관점에서 보면 군주들이 분명히 그런 자질을 갖지 못했음을 알 수 있다. 민중이 선출한 장관들과 군주들 사이의 갈등에시 개인적 능력과 성식이 어느 정도 대등하기만 해도 군주들이 매번 이긴다.

'사과수레'에서는 이런 대등함이 전제되어 있다. 왕과 장관이 가진 성격과 일하는 방식이 워낙 뚜렷한 대조를 이루니 이런 대등함이 가려져 있다. 이 대조 때문에 덜 사려 깊은 비평가들은 내가 왕을 현명한 사람으로, 장관을 바보로 만들어서 패를 조작했다고 불평하게 되었다. 하지만 양자 사이의 관계는 전혀 그렇지 않다. 둘다 대등한 실력으로 겨룬다. 왕이 이기는 것은 더 영리해서가 아니라, 으뜸 패를 손에 쥐고 있고 언제 그것을 내야 하는지 알기 때문이다. 둘 중 더 매력적인 선수로서 왕은 관객의 공감을 얻는다. 왕은 남에게 훈련받아야 하고 스스로 훈련해야 할 이유가 있다. 오페라의 프리마돈나처럼 과도한 대접을 받지도 유력하지도 않기 때문이며, 상업적으로 가치 있는 재능에 의지하는 게 아니라 품위와 완벽한 교양이라는 대중적 이상에 부합하는 데 의지하기 때문이다. 그 결과 신하들과의 교류를 위한 필수적 조건으로 좋은 매너를 받아들여야 하는데, 성질부리고, 화내고, 괴롭히고, 비웃고, 욕하고, 발로 차는 등의 방종은 아랫사람들의 몫이 되어야 한다. 한마디로, 왕은 권위를 내세워 마구 폭력을 행사하거나 무절제하게 행동해서는 안 된다.

그의 장관들은 훨씬 느슨한 기준을 가지고 있다. 자기네 시간을 아낄 수만 있다면 그들은 소동을 일으키고, 계산된 분노를 폭발시키고, 논쟁을 저속한 욕설로 대체하면서 자기네 뜻을 관철할 수 있다. 왕실 훈련을 받지 않은 영리한 장관은 왕과의 결투에 휘말리게 되면, 왕이 자신을 이길 수 있는 무기를 선택하지 않도록 조심할 것이다. 오히려 그는 냉정하게 왕의 완벽한 행동에 맞서 의도적으로 무례를 저지를 것이고 겉보기에 유치한 짜증도 부릴 것이다. 이것은 적절한 순간에 왕만큼이나 세련된 태도로 언제든 바꿀 수가 있어서, 왕이 한 가지 무기를 쓰는 동안 그는 두 가지 무기를 쓰는 셈이다. 이것은 무명인에서 유명인으로 자수성가에 성공한 야심가로서의 자기 훈련이 주는 이점이다. 그 과정에는 나약하게 반항하는 자, 분별없는 자, 소심한 자, 그리고 어리석은 자를 지배하기 위해 더 손쉽고 더 이기적인 방법들을 상당히 많이 사용하는 것이 포함되며, 또한 강한 위치에 있는 강한 성격의 사람들을 다룰 때 이런 방법들이 얼마나 위험한지에 대한 예리한 감각을 키우는 것도 포함된다.

이런 관점에서 보면, 마그누스 왕과 조제프 프로테우스 씨 사이의 싸움에서 양자가 채택한 싸움 방식은 그들의 상대적 위치와 배경에서 나온 명백한 결과이지, 민주주의를 깎아내리려고 민주주의와 왕정을 인위적으로 대조한 것이 아님을 알 수 있다. 그렇게 오해한 사람들은 시대에 뒤떨어진 존재다. 그들은 여전히 민주주의를 이 갈등에서 약자로 여긴다. 하지만 내게는, 이 연극이 투사하는 미래에 비극적으로 약자의 위치에 있을 운명인 존재는 왕이다. 사실, 왕은 이미 눈에 띄게 적어도 절반은 그런 위치에 있다. 게다가 입헌군주제 이론에서는 왕이 완전히 그런 위치에 있으며 17세기 말부터 그래 왔다고 간주된다.

게다가 이 갈등은 실제로 왕정과 민주주의 사이의 것이 아니라 이 둘과 금권정치 사이의 것이다. 금권정치는 민주주의를 구실로 삼아, 왕권을 노골적인 힘으로 파괴한 후 민주주의를 사들이고 삼켜 버렸다. 돈이 말하고, 돈이 인쇄하고, 돈이 방송하고, 돈이 지배한다. 왕들과 노동 지도자들은 똑같이 돈의 명령을 공식화해야 하고, 심지어 기막힌 역설이지만 돈의 사업에 자금을 대고 그 이익을 보장해야 한다. 민주주의는 더 이상 매수되는 것이 아니라 사기당하는 것이다. 골수 사회주의자인 장관들도 '파손 주식회사'의 손아귀에서는 그 회사의 공인된 부하들만큼이나 무력하다. 의도하지 않은 아이러니로, 권력이라고 불리는 것(실제로는 장관들이 금권주의자들을 위해 겪는 고역을 의미하는)에 도달하는 순간부터, 그들은 감히 어떤 산업의 국유화도 말하지 못한다. 그 산업이 아무리 사회적으로 중요하더라도, 금권정치를 위해 아직 한 푼의 이익이라도 남아 있거나 보조금으로 한 푼이라도 만들어 낼 수 있다면 말이다.

마그누스 왕이 거둔 작은 전술적 승리가 극장에서는 크게 주목받지만, 패배한 상대보다 자신을 더 심한 궁지에 빠뜨린다. 프로테우스 씨는 언제든 자신이 국민의 의사를 대변하는 도구일 뿐이라고 변명할 수 있다. 반면 불운한 군주는 독재를 향한 필사적 시도를 위해 완전히 타당한 주장, 즉 민주주의가 다른 모든 책임 체계를 파괴했다는 주장을 펼친다(무솔리니가 "유럽의 모든 나라에는 유능한 사람이 채울 빈 왕좌가 있다"라고 말하지 않았던가?).[*] 결국 군주는 모든 책임을 홀로 떠안아야 할 뿐만 아니라 프로테우스 씨라면 떠넘길 수 있는 모든 비난까지 마주해야 한다. 왕의 내각에는 용기와 원칙에다가, 예의 바르게 대접받으면 진정한 품위도 지닌 인물로서 왕에게 우호적인 사람이 단 한 명 있다. 그 사람은 강경한 공화주의자이자 독재권을 놓고 왕과 경쟁하는 맞수다.[**] 매우 정직하고 헌신적인 골수 보수파 여성은 사람들을 너무 깔보는 듯 무신경해서 큰 도움이 되지 못한다.[***] 하지만 대중 집회를 다루는 기술과는 별개로 유능한 남녀를 다루는 기술을 조금만 더 익힌다면, 빌 보아네르게스 씨는 자신을 희화화된 인물로만 여기고 웃어넘기는 사람들을 놀라게 할지도 모른다.

요컨대 '사과수레'를 영웅과, 방에 가득한 하찮은 사람들 사이의 싸움으로 본 비평가들은 완전히 속은 것이다. 내 연극들을 편협하게 겉모습 그대로 받아들이는 것은 절대로 신중한 자세가 아니다. 그렇게 하면 결국 당신이 작품들에 가져온 선입견만을 발견하게 되

---

[*] 책임 체계와 '빈 왕좌': 민주주의 이전의 군주제나 귀족제에서는 왕이나 귀족 등 명확한 책임 주체가 있었다. 민주주의는 권력을 분산시키는 바람에, 정치가 '국민의 의사'라는 추상적 개념 뒤에 숨는 바람에 아무도 책임지지 않게 만들었다. 무솔리니가 말한 '빈 왕좌'는 실제로 유럽에 왕이 다 사라졌다는 뜻이 아니라 실질적 권력과 책임을 갖춘 강력한 통치자가 없다는 비유이다.

[**] 노동자 출신 상무장관 보아네르게스를 말한다.

[***] 동력장관 리시스트라타를 말한다.

어 관람료 값을 전혀 누릴 수 없다.

민주주의 전반에 대해서는 내가 '지적인 여성을 위한 사회주의와 자본주의 안내서'란 책에서 이미 다룬 것 이상으로 문제를 진전시킬 수 있는 말이 없다. 우리는 분리할 수 없는 두 가지 주요 문제를 해결해야 한다. 생활수단을 어떻게 생산하고 분배할 것인가 하는 경제 문제와, 통치자들을 어떻게 선출하며 그들이 자신의 이익이나 자신의 계급과 종교의 이익을 위해 권력을 남용하지 못하도록 어떻게 막을 것인가 하는 정치 문제이다. 경제 문제에 대한 우리의 해결책은 자본주의 체제인데, 이 체제는 생산에서는 기적을 이루지만, 생산품을 합리적으로 분배하거나 사회적 필요에 따라 생산하는 데는 너무나 우스꽝스럽고 참담하게 실패하고 만다. 그래서 수백만 명이 절실히 필요로 하는 물건의 "과잉 생산"으로 체제가 마비되었다는 불평이 늘 쏟아져 나오고 있다.* 정치 문제에 대한 우리의 해결책은 모두에게 투표권을 주고 모든 권력을 투표로 선출하는 것이다. 이는 원래 통치자들의 폭정을 막으려고 고안된 방식인데, 실제로는 통치자들이 아무것도 하지 못하게 막는 바람에 결국 모든 것을 무책임한 민간 기업에 맡기는 방식이 되고 말았다. 그러나 민간 기업은 자기네 옹졸한 이익에 도움이 되지 않는 일은 아무것도 하려고 하지 않는다. 그리고 이제 문명의 존재 자체는 민간 기업을 대

---

* 쇼는 과잉 생산에 큰따옴표를 붙여 이 용어를 비꼬고 있다. 실제로는 수요가 넘치는데 분배가 제대로 안 되어 팔리지 않는 상태, 즉 자본주의 체제가 자초한 '분배 실패'를 '과잉 생산' 탓으로 돌린다는 뜻이다.

체하는 사업들, 즉 단지 수익성이 있을 뿐만 아니라 전체 공동체에 절대적으로 필요한 사업들을 방해받지 않고 신속히 공적으로 실행하는 데 달려 있다. 이런 이유로, 폭정을 막기 위한 장치가 진정한 민주주의를 옥죄는 올가미가 되었다. 고통스럽게 발전시켜 온 의회와 정당 체제, 내각이라는 장치가 방해하는 데는 너무나 효과적이어서, 우리는 30분이면 될 일을 헌법적 방법으로는 30년이나 걸려 처리하고 있다. 게다가 우리의 정치적 장치와 절차를 완전히 혁명적으로 바꿀 개혁 법안을 통과시키지 않는다면, 30년 동안 미뤄온 일을 머지않아 비헌법적 방법으로 30분 만에 처리해야 할 처지에 놓일 것이다. 왕국이든 공화국이든 우리네 것 같은 의회들이 독재자들에게 걷어차여 시궁창에 처박히는 것을 보게 될 때, 독재자가 죽거나 무너질 때까지 기다렸다가 이 불쌍하고 낡은 것들을 집어 올려 진흙을 긁어내려고만 하는 것은 어리석다. 유일하게 분별있는 진로는 독재를 예상할 수도 막을 수도 있었던 조처를 하는 것, 그리고 16세기가 아니라 20세기에 걸맞게, 느리고 무용한 일이 아니라 신속하고 건설적인 일을 위한 정치체제를 만드는 것이다.

우리가 이 과제를 직시하고 완수하기 전까지는, 유권자들이 투표로 자기 파멸의 길을 닦는 것 말고는 달리 무언가를 하도록 만들 수는 없을 것이다. 가장 자격 있는 통치자를 선출하는 수단으로서 고려된 현재 선거는 너무나 터무니없어서, 만약 지난 12개 의회가 상위 득표자 대신 하위 득표자들로 구성되었다 해도 우리가 오늘날보다 더 발전했거나 덜 발전했다고 볼 이유가 없다. 둘 중 어느 경우든 유권자들한테는 대표자를 뽑을 진정한 선택권이 없었을 것이다. 만약 선택권이 있었다면, 우리는 티투스 오츠나* 조지 고든 경** 같은 사람들이 소수의 장군과 예술가들을 압도하는 의회와 씨름해야 했을지도 모른다. 그리고 내각은 웅변으로 청중을 사로잡는다고 일컬어지는 부류의 연설가로 구성되었을 것이다. 그는 몇 가지 조심스러운 탐색으로 청중이 무엇에 손뼉 칠지를 먼저 파악한 다음, 그것을 점점 강해지는 압도적인 소리로 십여 번 반복해서 들려주고는, 사실상 청중에게 이끌려 가기 때문이다. 현실적으로 유권자들에게는 후보자를 선택할 진정한 자유가 없다. 그들은 주어진 것을 받아들이고 자신들의 판단에 따라 최선을 다할 뿐인데, 이는 객관적으로 보면 종종 최악이 된다. 판단에 의해서가 아니라 우연히, 유권자들은 상당히 정직하고 공익 정신을 가진 정치가들이 다행히 적절한 비율로 의회에서 자신들을 대표하고 있음을 발견한다. 역시 성공적인 대중 연설가이기도 한 정치가들 말이다. 그 외의 정치가는 경제적 여유가 있으면서, 의회에 대한 기호나 이해관계 때문에

---

* 티투스 오츠(Titus Oates, 1649-1705)는 영국의 성직자이자 선동가로, 1678년 '가톨릭 음모론'을 조작하여 대중의 공포를 선동했다. 이에 따라 무고한 가톨릭 신자들이 많이 처형당했다.
** 조지 고든 경(Lord George Gordon, 1751-1793)은 영국의 정치인이자 선동가로, 1780년 '고든 폭동(Gordon Riots)'을 촉발한 인물이다. 그는 가톨릭 구제법(가톨릭 신자들에 대한 차별을 완화하는 법)에 반대하는 운동을 이끌었으며, 이것이 런던에서 대규모 폭동으로 번졌고 수백 명이 사망했다.

의회에 있는 것이다.

지난 10월(1929년), 나는 라디오방송이라는 새로운 발명품이 만들어 준 어마어마한 규모의 청중에게 연설해 달라는 요청을 받았다. '관점들'이라는 제목 아래 이전 연사가 소개한 여러 정치적, 문화적 주제들에 관해 이야기하는 것이었다. 그 주제들 중에는 민주주의도 있었는데 늘 그렇듯이 이게 완전히 추상적으로 제시되었다. 무한히 선한 원칙이며 우리를 죽인다 해도 믿어야 하는 것으로 말이다.[*] 나는 이번에야말로 '모두를 위한 투표'와 '선거로 뽑힌 모든 권력'이란 게 거창한 가면을 쓰고 빠져나가지 못하게 하리라 다짐했다. 그래서 다음과 같이 말했다.

폐하들, 전하들, 각하들, 성하들과 목사님들, 귀족 여러분, 숙녀와 신사 여러분, 그리고 모든 계층의 동료 시민 여러분! 저는 오늘 민주주의에 관해 객관적으로 이야기하려고 합니다. 즉 민주주의가 실제로 존재하는 그대로, 그리고 우리의 관점이 무엇이든 간에 우리가 모두 동등한 입장에서 고려해야 하는 것으로서 말입니다. 제가 민주주의가 아니라 바다에 관해 이야기한다고 가정해 봅시다. 바다는 어떤 면에서 민주주의와 꽤 비슷합니다! 우리는 모두 바다

---

[*] '늘 그렇듯이'는 당시 민주주의가 현실적으로 논의되지 않고 항상 추상적 이상으로만 제시되던 관행을 비판하는 표현이다. '우리를 죽인다 해도 믿어야 하는'은 욥기 13:15의 '그가 나를 죽일지라도 나는 그를 신뢰하리라'를 패러디하여, 사람들이 민주주의를 마치 신앙처럼 맹신하는 태도를 꼬집은 것이다.

에 대한 나름의 견해를 가지고 있습니다. 어떤 이들은 바다를 싫어하여 바닷가에 있거나 바다 위에 있을 때 몸 상태가 좋지 않습니다. 다른 이들은 바다를 사랑하여 바다에 들어가 있거나 바다 위에 있거나 바다를 바라볼 때 가장 행복합니다. 어떤 이들은 바다를 영국의 자연스러운 영역이자 가장 확실한 방벽으로 여기지만 다른 이들은 도버해협에 터널을 원합니다. 그러나 바다에 관한 확실한 사실들은 우리가 바다에 대해 어떠한 감정을 가지든 상관없이 존재합니다. 제가 바다가 존재한다는 것을 당연하게 받아들인다고 해도 여러분 중 누구도 반박하지 않을 것입니다. 제가 바다는 때로 격렬하게 사나우며 항상 예측할 수 없으며 바다를 가장 잘 아는 사람들이 바다를 가장 덜 신뢰한다고 말해도, 여러분은 즉시 제가 바다를 신뢰하지 않는다고, 바다의 적이라고, 바다를 없애려 한다고, 수영을 불법으로 만들려 한다고, 우리의 해운업을 망치려 하고, 모든 해변 휴양지를 황폐화하려 하고, 영국 해군을 해체하려 한다고 외치지는 않을 것입니다. 제가 여러분이 바닷물 속에서는 숨을 쉴 수 없다고 말해도, 여러분은 그것을 개인적인 모욕으로 받아들이거나, 여러분을 물고기보다도 못하다고 여기는지를 저에게 분노해서 따지지는 않을 것입니다. 자, 제가 민주주의에 대한 몇 가지 불편한 사실들을 말씀드릴 때도 바다의 경우와 똑같이 분별력 있게 들어 주시길 바랍니다. 제가 민주주의는 때로 격렬하게 사나우며, 늘 위험하여 믿을 수 없으며, 실제 정치가로서 민주주의를 잘 아는 사람들이 그것을 가장 덜 신뢰한다고 말해도, 여러분은 즉시 저를 베니토 무솔리니의 사주를 받은 첩자라고 비난하거나, 제가 노년에 이르러 골수 왕당파로 변했다고 선언하거나, 여러분의 투표권을 빼앗아서 의회와 선거권, 언론의 자유, 공개 집회, 배심원 재판을 끝장내려 한다고 비난해서는 안 됩니다. 더더욱 여러분은 자리에서 일어나 저를 중세 군주제와 봉건제의 옹호자라며 세 번의 열렬한 환호[*]를 보내서도 안 됩니다. 저는 그런 터무니없는 것들과는 전혀 무관합니다. 제가 말하고자 하는 것은 우리가 민주주의자든 왕당파든, 가톨릭 신자든 개신교도든, 공산주의자든 파시스트든, 우리는 모두 이 세상에서 민주주의라고 불리는 어떤 힘과 마주하고 있다는 것입니다. 그리고 우리가 그것과 싸우려 하든, 그것을 발전시키려 하든 우리는 그 힘의 본질을 이해해야 합니다. 우리가 할 일은 민주주의의 위험을 부정하는 것이 아니라 가능한 한 그 위험에 대비하고는, 우리가 대비할 수 없는 위험들을 감수할 가치가 있는지 생각해 보는 것입니다.[**]

여러분이 아는 민주주의는 대부분 대문자로 시작하는 긴 단어에

---

[*] 영국 전통에서 누군가를 환영하거나 축하할 때 'Hip hip hooray!'라고 세 번 외치는 의례적 환호를 말한다. 쇼가 민주주의를 비판하면 그를 군주제 지지자로 오해하여 환영할 사람들도 있을 거라는 뜻이다.

[**] 바다가 위험해도 위험을 감수할 만한 가치가 있으니 우리는 바다로 간다. 그런데 민주주의가 가진 위험 중에서 우리가 아직 대비책을 마련하지 못한 위험을 만났을 때는, 위험을 감수할 만한 가치가 있는지를 생각해서 민주주의를 유지할 것인지, 수정할 것인지, 대체할 만한 걸 찾아 나설 것인지를 판가름해야 한다는 뜻이다.

불과합니다. 우리는 아무 질문도 하지 않고 그것을 경건하게 받아들이거나 가소롭다는 듯 얕봅니다. 하지만 우리는 어떤 것이든 아주 많은 면밀한 질문들을 던져보기 전까지는 결코 경건하게 받아들여서는 안 됩니다. 그 첫 두 질문은 '당신은 누구입니까?'와 '당신은 어디에 삽니까?'입니다. 내가 민주주의에 이 질문들을 던지면 이런 대답이 돌아옵니다. "제 이름은 데모스입니다. 저는 대영제국과 미합중국, 그리고 인간의 마음속에서 자유에 대한 사랑이 빛나는 곳이라면 어디에나 살고 있습니다. 제 친구인 쇼 선생, 당신은 민주주의의 한 구성원입니다. 당신의 이름도 데모스입니다. 당신은 위대한 민주 공동체의 시민입니다. 당신은 인류 의회와 세계 연방*의 잠재적 구성원입니다." 이런 말을 들으면 저는 보통 열정적인 성격답게 큰 환호성을 지릅니다. 하지만 오늘 밤만큼은 그런 행동을 하지 않을 것입니다. 이렇게 말할 것입니다. "헛소리하지 마십시오. 제 이름은 데모스가 아닙니다. 버나드 쇼입니다. 제 주소는 대영제국도, 미합중국도, 인간의 마음속에서 자유에 대한 사랑이 빛나는

---

* '인류 의회와 세계 연방(the Parliament of Man, the Federation of the World)': 테니슨(Alfred Tennyson)의 시 「록슬리 홀」(Locksley Hall, 1842)에 나오는 구절. "북이 더 이상 울리지 않고, 전쟁의 깃발이 접힐 때까지, / 인류 의회와 세계 연방 안에서(Till the war-drum throbb'd no longer, and the battle-flags were furl'd / In the Parliament of man, the Federation of the world)." 전쟁이 사라지고 세계가 하나의 정부 아래 통합되는 이상을 노래한 것이다. 윈스턴 처칠은 이 시를 "가장 경이로운 현대의 예언"이라 했고, 유엔 창설을 강력히 지지했던 해리 트루먼은 이 구절을 지갑에 넣고 다녔다고 한다. 쇼는 이 거창한 표현을 인용해 민주주의를 추상적으로 찬양하는 미사여구를 풍자하고 있다.

곳도 아닙니다. 런던의 어느 거리 몇 번지입니다. 그리고 인류 의회의 제 의석에 대한 논의는 그 대단하다는 기관이 실제로 생겨날 때 해도 충분할 것입니다. 저는 당신의 이름이 데모스라고 믿지도 않습니다. 누구의 이름도 데모스가 아닙니다. 당신의 주소에서 제가 알아낼 수 있는 것은 당신에게는 주소가 없고 당신이 그저 떠돌이일 뿐이라는 것입니다. 정말로 당신이 존재한다면 말입니다."

여러분은 제가 데모스를 수다쟁이나 허풍쟁이라고 부르지 않을 만큼 예의 바른 사람이라는 점을 알아볼 것입니다. 하지만 저는 여러분이 민주주의 연구를 시작하면서 먼저 민주주의를 가스나 뜨거운 공기로 채워서 하늘 높이 띄워진 커다란 풍선으로 생각해 보시길 부탁합니다. 여러분이 하늘을 올려다보고 있는 동안, 다른 사람들이 여러분을 소매치기할 수 있는 상황을 염두에 두고 말입니다. 그 풍선이 5년쯤마다 땅으로 내려올 때, 여러분은 바구니 안에 꼭 붙어 앉아 있는 사람 중 한 명을 밀어낼 수 있거든 바구니에 타라는 초대를 받습니다. 하지만 여러분은 시간도 돈도 낼 여유가 없고, 여러분은 4천만 명이나 되는데 바구니에는 겨우 600명 정도밖에 들어갈 자리가 없어서, 풍선은 거의 똑같은 사람들을 태운 채 다시 올라가고 여러분은 이전과 똑같은 자리에 남게 됩니다. 민주주의를 풍선에 비유한 이 이미지가 의회 정치의 실제 모습과 딱 들어맞는다는 것을 여러분도 인정할 거라고 봅니다.

이제 민주주의에 대한 좀 더 시적인 개념을 살펴봅시다. 에이브

러햄 링컨은 게티즈버그 전투의 살육 현장 한가운데에 서서, 미국인이 미국인을 살육한 그 모든 일이 민주주의가 이 땅에서 사라지지 않게 하려고 일어났다고 선언하는 것으로 묘사됩니다. '국민의, 국민을 위한, 국민에 의한 정부*로 정의되는 민주주의 말입니다. 이 유명한 연설의 결론 부분을 하나하나 뜯어보고 그 안에 실제로 무엇이 들어 있는지 살펴봅시다. (참고로, 링컨은 게티즈버그 전장에서 실제로 그렇게 연설하지 않았습니다.** 그리고 미국 남북전쟁은 그런 원칙을 지키기 위해 싸운 것이 아니라, 오히려 미국의 절반이 나머지 절반에게 자기들이 원하지 않는 방식으로 통치받도록 강요하기 위해 싸운 것입니다. 하지만 그건 중요하지 않습니다. 제가 이것을 언급한 것은 오로지, 정치가들이 민주주의에 대해 연설하거나 기자들이 그것을 보도한다는 것은 민주주의를 허풍의 구름으로 가리지 않고는 불가능해 보인다는 것을 여러분에게 상기시키기 위해서입니다.)

이제 그 정의의 세 가지 요소를 살펴보겠습니다. 첫째로, '국민의 정부'는 분명히 필요합니다. 인간이 호흡과 혈액 순환을 위한 통합적 조절 없이는 존재할 수 없듯이 인간 공동체도 정부 없이는 존재

---

* 링컨의 원래 연설에서는 '국민의, 국민에 의한, 국민을 위한 정부(government of the people, by the people, for the people)'였으나, 작가는 이후 설명할 순서에 맞춰 'for'와 'by'의 순서를 바꿨다.
** 링컨은 1863년 11월 19일 게티즈버그 국립묘지 봉헌식에서 연설했다. 쇼는 우리가 알고 있는 연설의 내용이나 그 극적인 이미지가 후대에 과장되거나 미화되었을 가능성을 지적한다.

할 수 없습니다. 둘째로, '국민을 위한 정부'는 대단히 중요합니다. 잉 주임사제는 민주주의를 모든 사람에 대한 평등한 배려를 의미하는 사회 형태라고 정의함으로써 '국민을 위한 정부'를 완벽하게 설명했습니다.* 그는 '평등한 배려'라는 개념이 기독교적 원칙이며 기독교인으로서 자신은 이것을 믿는다고 덧붙였습니다. 저도 그렇습니다. 그래서 저는 소득의 평등을 주장하는 것입니다. 연 100파운드를 버는 사람과 10만 파운드를 버는 사람을 평등하게 배려하는 것은 불가능합니다. 하지만 셋째로, '국민에 의한 정부'는 완전히 다른 문제입니다. 모든 군주, 모든 폭군, 모든 독재자, 모든 골수 왕당파도 우리가 통치받아야 한다는 점에 동의합니다. 잉 주임사제와 저 같은 민주주의자들도 우리가 모든 사람을 평등하게 배려하는 방식으로 통치받아야 한다는 데 동의합니다. 하지만 우리는 국민이 통치할 수 없다는 이유로 셋째 요소를 거부합니다. 그것은 물리적으로 불가능한 일입니다. 모든 소년이 기관사나 해적왕이 될 수 없듯이 모든 시민이 통치자가 될 수는 없습니다. 총리나 독재자로만 이루어진 국가는 군 최고사령관들로만 이루어진 군대만큼이나 터무니없습니다. 국민에 의한 정부는 현실이 아니며 결코 현실이 될

---

* 윌리엄 랠프 잉(William Ralph Inge, 1860-1954)은 영국 국교회 사제이자 세인트 폴 대성당의 주임사제였다. 그는 민주주의를 "모든 사람을 평등하게 배려한다는 것을 의미하는 사회 형태(Democracy is a form of society which means equal consideration for all)"로 정의했다. 이 정의는 링컨의 '국민을 위한 정부'를 구체화한 것이다.

수도 없습니다. 그것은 단지 선동가들이 우리를 속여 자신들에게 투표하도록 만드는 구호일 뿐입니다. 만약 여러분이 이것을 의심한다면, 즉 "왜 국민이 스스로 법을 만들면 안 되는가?"라고 묻는다면 저는 단지 "왜 국민이 스스로 희곡을 쓰면 안 되는가?"라고 되물으면 됩니다. 국민은 그럴 수 없습니다. 좋은 희곡을 쓰는 것이 좋은 법을 만드는 것보다 훨씬 쉽습니다. 그리고 이 세상에는 법이 견뎌야 하는 것만큼 오랫동안 나날이 겪는 마모와 손상을 견뎌 낼 정도로 좋은 희곡을 쓸 수 있는 사람은 100명도 되지 않습니다. 이제 이런 질문이 나옵니다. 만약 우리가 자신을 통치할 능력이 없다면 통치할 줄 아는 사람들, 즉 악랄한 부패 관리와 악당일 가능성이 높은 사람들의 처분에 맡겨지는 신세에서 벗어나려면 무엇을 할 수 있을까요? 유치한 대답은 우리가 항상 압도적인 다수를 차지하고 있으므로 통치자들이 우리를 참을 수 없을 정도로 억압한다면 그들의 집을 불태우고 그들을 갈기갈기 찢어 버릴 수 있다는 것입니다. 이것은 만족스러운 답이 아닙니다. 점잖은 사람들은 완전히 자제력을 잃기 전까지는 결코 그런 일을 하지 않습니다. 그리고 자제력을 잃었을 때는 엉뚱한 집을 불태우고 엉뚱한 사람을 갈기갈기 찢을 가능성이 높습니다. 소위 민중 운동이라는 것이 일어날 때 참여하는 사람 중 그게 무엇에 관한 것인지 아는 사람은 거의 없습니다. 저는 한때 런던에서 진짜 민중 운동을 본 적이 있습니다. 사람들이 흥분해서 거리를 달리고 있었습니다. 그것을 본 사람들은 즉시 그 무리에 합류했습니다. 그들은 단지 남들이 모두 달렸기 때문에 달렸습니다. 수천 명의 사람들이 그렇게 전속력으로 휩쓸려 가는 모습을 보게 된 경험은 정말 인상적이었습니다. 그것이 말 그대로 민중 운동이었다는 것은 의심할 여지가 없었습니다. 나중에 알아보니 그 소동은 도망친 소 한 마리가 시작한 일이었습니다. 그 소는 나를 정치철학자로 키워 주는 데 중요한 역할을 했습니다. 장담하건대, 여러분은 책이나 신문 기사를 읽는 대신 군중이나 길 잃어 겁먹은 동물들 따위를 연구한다면 정치에 대해 엄청나게 많은 것을 배울 것입니다. 예를 들어, 대부분의 총선은 그저 우르르 몰려가는 것에 불과합니다. 지지난 총선이 눈에 띄는 예입니다. 그때의 소는 러시아 소였습니다.*

폭도의 폭력이나 민중 운동이 정부의 권력 남용을 견제하는 수단이라고 믿을 수는 없다고 봐야 합니다. 최소한 독재자가 미쳐서 폭정과 잔혹 행위를 터무니없이 지나치게 저지를 때에는, 그런 게 최후의 수단으로 작용할 거라고 생각할 수 있겠습니다. 신기하게도 그런 게 결코 견제 수단이 되지는 않습니다. 두 가지 유명한 사례를 들어 보겠습니다. 네로와 러시아의 차르 파벨 1세의 경우입

---

* 지지난 총선이란 1924년 10월 치러진 영국의 총선을 말한다. 그해 1월 처음 집권한 노동당 소수 정부가 소련과 추진 중이던 조약의 초안을 두고 보수당과 자유당이 반발하여 10월 초 불신임안을 통과시켰다. 이어진 총선에서 보수당이 '적색 공포'를 조장하여 압승했다. 선거 직전 공개된 위조 지노비예프 서한도 반공 선동에 이용되었다. 공포에 휩쓸린 유권자들을 도망친 소에 놀라 달아나는 군중에 비유한 것이다.

니다. 만약 네로가 평범한 직업 바이올린 연주자였다면 아마도 라디오 오케스트라의 어느 단원보다도 나쁜 사람은 아니었을 것입니다. 만약 파벨이 보병 연대의 중위였다면 우리는 그에 대해 들어 본 적도 없었을 것입니다. 하지만, 이 불쌍한 두 인물이 동료 인간들에 대한 절대 권력을 갖게 되자 미쳐 버리는 바람에 너무나 끔찍한 일들을 저질러서 미친개처럼 죽임을 당해야 했습니다. 다만, 일어서서 두 인물을 죽인 것은 민중이 아니었습니다.[*] 그들은 자신들의 경호원 중 아주 선별된 소수에 의해 은밀히 제거되었습니다. 인기 없는 정치가를 진정으로 민주적으로 처형한 예를 들자면 17세기에 네덜란드 폭도들에 의해 갈기갈기 찢긴 드 비트 형제를 들 수 있습니다. 형제는 폭군도 독재자도 아니었습니다. 오히려 이들 중 한 명은 오렌지공 윌리엄의 전제정치에 저항했다는 이유로 투옥되고 고문 받았으며 감옥에서 나올 때 다른 한 명이 마중을 왔습니다. 폭도들

---

[*] 네로(재위 54-68)는 로마 제국의 황제로, 통치 말기에 광기 어린 폭정을 일삼았다. 64년 로마 대화재 이후 기독교인들을 박해했으며 어머니와 아내를 살해하는 등 잔혹한 행위로 악명 높았다. 결국 68년 원로원과 군대의 반란으로 자살에 이르렀다. 파벨 1세(재위 1796-1801)는 러시아의 차르로, 농노제를 개혁하고 귀족의 특권을 제한하는 등 개혁정책을 펼치기도 했으나, 예측 불가능한 성격과 변덕스러운 폭정으로 귀족들의 불만을 산 결과, 1801년 귀족의 사주를 받은 것으로 추정되는 군인들에 의해 살해되었다. 쇼는 이 두 사례를 들어, 극악한 폭군들은 민중이 아니라 권력 내부의 소수에 의해 제거되었음을 지적하며 민중 운동의 실효성에 의문을 제기한다.

은 독재자의 편에 서 있었습니다.* 폭군이 눈엣가시 같은 자유의 옹호자를 제거하는 가장 빠른 방법은 이 사람을 비애국적인 인물이라며 떠들어 대고 넉넉한 돈으로 매수한 선동꾼을 투입한 후 나머지는 폭도들에게 맡기는 것이라고 볼 수 있습니다. 오늘날은 이런 걸 혁명적 프롤레타리아의 직접적 행동이라고 합니다. 이것을 신봉하는 사람들은 프롤레타리아가 결코 혁명적이지 않으며, 프롤레타리아의 직접적 행동은 통제된다 해도 대개 경찰 첩자들에 의해 통제된다는 것을 곧 깨닫게 됩니다.

그렇다면 민주주의는 국민에 의한 정부일 수 없습니다. 그것은 오로지 피통치자의 동의에 의한 정부일 수밖에 없습니다. 불행히도 민주주의 정치가들이 우리 자신의 동의로 우리를 통치하려고 할 때 그들이 깨닫게 되는 것은, 우리가 전혀 통치받기를 원하지 않으며, 우리가 지방세와 국세, 임대료와 상속세를 참을 수 없는 부담으로 여긴다는 점입니다. 우리가 알고 싶은 것은 잠자리에서 살해당하지

---

* 드 비트 형제: 동생 요한(1625-1672)과 형 코르넬리스(1623-1672)는 네덜란드 공화국의 지도자로, 요한은 1650년대부터 약 20년간 실질적으로 네덜란드를 통치했다. 공화파의 지도자로서 오렌지가의 왕당파에 맞서 지방 자치를 옹호했다. 형은 동생의 오른팔이자 해군 지휘관이었다. 1672년 프랑스, 영국, 독일(정확히는 신성 로마제국의 일부 제후국) 연합군이 쳐들어오자, 민중은 형제를 비난하며 오렌지 공 윌리엄(후일 영국 왕 윌리엄 3세)을 지지했다. 곧 반역죄로 체포된 형을 데리러 감옥을 찾은 동생은 형과 함께 윌리엄 3세의 지지자들에게 살해당했다. '진정으로 민주적으로 처형한 예(a genuinely democratic execution)'란 역설적 표현에는, 민중이 실제로 들고일어난 드문 사례에서 결국 독재자의 편에 서게 되는 바람에, 독재에 저항했던 공화주의자들을 죽였다는 비난이 담겼다.

않으면서 함께 살아가려면 정부가 얼마나 작을 수 있는가 하는 점입니다. 우리가 '살아간다'라는 것이 무엇을 의미하는지 설명하기 전까지는 그 질문에 답할 수 없습니다. 미개인들도 어떻게든 살아갑니다. 제멋대로인 아랍인들과 타타르인들도 살아갑니다. 이 문제에서 유일한 원칙은 문명인의 삶이 개인적 행동이 아니라 집단적 행동을 통해 이루어진다는 점입니다. 게다가 집단적 행동은 개인적 행동에 비해 더 큰 정부를 필요로 합니다.

그래서 예전에는 비교적 단순한 일이었던 통치가 오늘날에는 사회주의와 공산주의의 거대한 성장을 떠안아야 합니다.[*] 우리의 산업과 사회생활은 간선도로와 도시의 거리, 다리, 상수도, 전력 공급, 조명, 전차, 학교, 조선소에다가 공공 지원과 편의시설이라는 거대한 공산주의적 틀[**] 안에 자리 잡고 있는데, 이 틀은 수백 개 부서에서 경찰, 감독관, 교사 등 모든 등급의 공무원들로 이루어진 엄청난 규모의 무리를 고용하고 있습니다. 우리는 쓰라린 경험을 통

---

[*] 여기서 쇼가 말하는 '사회주의와 공산주의'는 소련식 체제나 혁명적 이념을 뜻하는 것이 아니다. 공동체가 집단적으로 소유하고 운영하는 모든 공공 인프라와 서비스가 그가 말하는 '사회주의와 공산주의'의 실체다. 쇼의 논점은 이런 공공 서비스의 확대가 특정 이념의 선택이 아니라 문명 생활의 불가피한 귀결이라는 것이다.

[**] 쇼는 의도적으로 '거대한 공산주의적 틀'이라는 도발적인 표현을 사용한다. 1920년대 후반 서구 사회에서는 러시아 혁명의 여파로 사회주의와 공산주의를 구분 없이 두려워했으며, '가로등' 등 정부가 제공하는 사소한 공공 서비스조차 "빨갱이 짓"이라며 비난하곤 했다. 페이비언 사회주의자로서, 이런 공공 서비스의 확대가 바람직한 것이라고 믿은 쇼는 공산주의를 두려워하는 사람들조차 이미 매일 그 혜택을 받으며 살고 있다는 뜻을 분명히 한다.

해 공장과 작업장, 광산을 민간 경영에 맡기는 것이 불가능하다는 것을 알게 되었습니다.* 우리는 정부의 통제를 받지 않을 때 발생했던 인명과 복지의 끔찍한 낭비를, 엄격한 법률과 지속적 감독을 통해서만 막았습니다. 전쟁 중에 군대를 위한 군수품의 공급을 민간 기업에 맡기려던 우리의 시도는 우리를 패배의 벼랑 끝으로 몰고 갔고 우리 병사들의 끔찍한 학살을 초래했습니다. 정부가 그 일을 민간의 손에서 빼앗아 국영 공장에서 하게 했을 때 즉시 성공적이었습니다.** 민간 회사들도 보잘것없는 일은 여전히 하도록 허용되었지만, 정부 관리들한테 경제적으로 일하고 제대로 회계를 유지하는 방법을 배워야 했습니다. 우리의 거대 자본주의 기업들은 이제 어린 양이 어미에게 달려가듯 도움을 청하러 정부로 달려갑니다. 그들은 정부의 도움 없이는 런던 지하철 노선 연장조차 하지 못합니다. 지원받지 못한 민간 자본주의는 모든 방향에서 무너지거나 뒤처지고 있습니다. 만약 우리의 사회주의와 공산주의가 중단될 뿐만 아니라 불로소득에 대한 과감한 과세를 통해 이 민간 자본주의를 재정 지원하는 일마저 중단된다면, 우리의 민간 기업들은 총

---

* 쇼는 1920년대 영국의 경험을 바탕으로 이렇게 주장했으나, 이후 적절한 규제 아래 제조업은 민영화가 성공적일 수 있음이 자명해졌다. 다만 전력, 교통, 우편, 의료 같은 공공서비스는 여전히 완전한 민영화가 어렵다는 면에서 그의 통찰은 부분적으로 유효하다. 이들 서비스는 수익성보다 보편적 접근성을 우선시해야 하기 때문이다.

** 제1차 세계대전 중 영국의 '포탄 위기(Shell Crisis)'를 언급한 것이다. 전쟁 초기, 민간 기업에 의존한 군수품 생산이 실패하자, 1915년 7월 군수품법이 통과되고 데이비드 로이드 조지가 이끄는 군수부가 창설되어, 정부가 군수품 생산을 직접 통제하게 되었다. 이후 생산량이 급증하여 승리에 기여했다.

에 맞은 수사슴처럼 쓰러질 것이고 우리는 모두 한 달 안에 죽을 것입니다. 볼드윈 씨가 사회주의는 언제 어디서든 시도될 때마다 실패했다고 선언하며 지난 선거에서 승리하려고 했을 때, 사회주의는 증기 롤러처럼 그를 짓밟고 그의 자리를 사회주의 총리에게 넘겨주었습니다.* 전쟁에서 우리가 승리할 수 있었던 것은 오직 사회주의의 대대적인 확장 덕분이었습니다. 그리고 이제 사회주의의 더욱 큰 확장만이 전쟁의 참혹한 피해를 복구하고 문명의 증가하는 요구 사항을 따라잡을 수 있다는 것이 아주 명백합니다.

그렇다면 우리가 스스로에게 물어야 할 것은 사회주의와 공산주의를 가질 것인가 말 것인가가 아니라, 국내외 집단적 행동의 성장으로 인해 우리에게 강요되고 있는 이 두 가지의 발전을 민주주의가 따라잡을 수 있느냐입니다.

그런데 집단적 행동은 통치 기구 없이는 불가능합니다. 그것은 중앙 정부일 수도 있고, 자치단체, 주 의회, 구 의회, 또는 교구 의회일 수도 있습니다. 그것은 주식회사의 이사회일 수도 있고, 여러 주식회사를 결합해서 만든 트러스트의 이사회일 수도 있습니다. 주주들의 투표로 선출되는 이런 이사회는 국가 안의 작은 국가인데, 이중 일부는 매우 강력합니다. 이사회에 법률과 왕은 없지만 정관과

---

* 스탠리 볼드윈의 보수당 정부는 1924-1929년 집권했으나 경제 침체와 1926년 총파업 등의 문제로 인기를 잃었다. 지난 선거란 1929년 5월 영국 총선을 가리킨다. 볼드윈의 보수당이 램지 맥도널드의 노동당에 패배하여, 맥도널드가 두 번째로 노동당 정부의 총리가 되었다.

회장은 있습니다. 그리고 그들의 서비스를 소비하는 여러분과 나는 의회의 처분을 받는 것보다 그 서비스를 계획하는 이사회의 처분을 더 많이 받습니다. 자유주의자로 시작해서 지금은 사회주의자가 된 여러 활동적인 정치인들은 저에게 자신들이 전향한 것은 국가가 선택해야 한다는 것을 보았기 때문이라고 말했습니다. 국가가 선택해야 하는 것이란 산업을 통제하는 주체에 관한 양자택일의 문제였습니다. 즉, 산업을 통제하는 일을 정부가 하게 할 것이냐와 우리의 구매를 놓고 경쟁하며 서로 견제하는 개별 민간사업자들이 하게 할 것이냐의 양자택일이 아니라, 정부가 하게 할 것이냐와 거대 트러스트들이 하게 할 것이냐의 양자택일을 국가가 선택해야 한다는 것입니다. 이 트러스트들은 책임도 없으면서 막강한 권력을 휘두르며, 우리에게서 최대한 많은 돈을 뽑아내는 것 외에 아무 목적이 없습니다. 우리 정부는 지금 이 순간 프랑스나 미국을 상대하는 일보다, 우리에게 석탄과 면직물을 공급하고 있는 민간 기업들을 상대하는 일에 훨씬 더 많은 곤란을 겪고 있습니다. 우리는 일상적 필요를 충족하려고 공공이든 민간이든 우리네 집단적 기구들의 손아귀에 놓여 있습니다. 이들의 권력은 생사를 좌우하는 권력입니다. 이 점을 더 강조할 필요는 없습니다. 우리 모두 알고 있으니까요.

하지만 우리가 모두 깨닫지 못하는 것은 우리가 종교적 필요를 충족하는 데에도 일상적 필요와 마찬가지로 집단적 행동에 의존하고 있다는 점입니다. 주임사제는 우리의 총선이 공개 경매가 되었다고 말합니다. 경쟁하는 정당들이 제각각 다른 정당에 비해, 소수가 부당하게 쌓은 것 중 더 큰 몫을 우리에게 나눠 주겠다고 약속하면서 우리의 표를 얻기 위해 서로 다투는 경매 말입니다. 이것은 완전히 사실입니다. 경쟁 정당들은 아직 정확히 그런 말로 표현할 용기가 없지만, 결국 그런 의미입니다. 게다가 주임사제는 직분상, 세인트 폴 대성당을 넘어 대서양 건너편까지 널리 퍼져 있는 신도들에게 가장 적극적으로 추진하겠다고 약속을 하는 정당에 항상 투표하라고 촉구할 의무가 있습니다. 우리 중 많은 재산을 가진 사람들이 그것을 팔아서 그 돈을 가난한 사람들에게 나누어 주는 일이 가능하도록 하겠다는 약속 말입니다. 하지만 우리가 개인으로서는 이것을 할 수 없습니다. 이것은 정부가 해야 할 일입니다. 그렇지 않으면 아예 이루어질 수 없습니다. 제 경우를 예로 들어 봅시다. 저는 재물이 많은 젊은이가 아닙니다. 하지만 수백 명의 실업자와 노령 연금 수급자들에게 구호금을 제공할 만큼 충분한 소득세에다 추가 소득세까지 내는 노인입니다. 저는 이것에 조금도 이의가 없습니다. 오히려 제가 납세할 만한 소득이 생기기 훨씬 전부터 이것을 강력히 주장했습니다. 하지만 정부가 저를 대신해서 이것을 조처하지 않는다면 저는 할 수 없습니다. 만약 정부가 제 여윳돈에 세금을 매겨서 전혀 소득이 없는 사람들에게 재분배하는 일을 중단한다면 저 혼자서는 아무것도 할 수 없을 겁니다. 제가 무엇을 할 수 있겠습니까? 여러분은 무엇을 제안할 수 있습니까? 저는 전쟁 채권을 재무장관에게 보내서 국가 부채 일부를 취소해 달라고 요청할 수 있습니다. 그러면 그는 의심할 여지 없이 제 애국심에 대해 가장 정중한 공식 용어로 감사를 표할 것입니다. 하지만 가난한 사람들은 제 전쟁 채권으로부터 어떤 이득도 차지하지 못할 것입니다. 소득세와 추가 소득세, 상속세를 내는 다른 납세자들은 지금 지급해야 하는 이자를 절약할 것입니다.* 이것이 전부입니다. 저는 단지 부자를 더 큰 부자로 만들고 저 자신을 더 가난하게 만들 뿐입니다. 저는 제 모든 주식 증서를 태우고 주식회사의 비서들에게 그들이 그만큼의 자본 부채를 장부에서 지워도 된다고 알릴 수 있습니다. 그 결과로 나머지 주주들에게 더 큰 배당금이 돌아갈 것이고 가난한 사람들은 이전처럼 소외될 것입니다. 저는 제 전쟁 채권과 주식 증서를 현금을 받고 팔고는 그 돈을 거리에 뿌려서 사람들이 쟁탈하도록 할 수도 있습니다. 하지만 돈은 가장 가난한 사람들이 아니라 쟁탈 자 중 가장 잘 먹고 가장 건강한 사람들이 낚아챌 것입니다. 게다가 만약 우리가 모두 우리의 채권과 주식을 팔려고 한다면 (그리고 이 점이 여러분이 고려해야 할 사항입니다. 왜냐하면 그리

---

* 전쟁 채권의 채무자가 국가이니, 국가는 그 이자를 세금으로 충당할 수밖에 없다. 쇼가 채권을 포기하면 매년 해당하는 이자만큼 부자 납세자의 부담이 줄어든다는 뜻이다.

스도의 충고[*]는 저에게만이 아니라 많은 재산을 가진 모든 사람에게 한 것이기 때문입니다), 그 결과는 그것들의 가치가 아무것도 아닌 것으로 떨어질 것입니다. 증권거래소는 즉시 모두가 판매자이고 구매자가 없는 시장이 될 것이기 때문입니다. 따라서 정부가 저에게 남겨주는 여윳돈은 제가 가장 높은 이자와 가장 확실한 보증을 받을 수 있는 곳에 투자됩니다. 그렇게 함으로써 저는 그것이 가장 필요한 곳으로 가고 즉각적인 고용을 창출한다는 것을 확신할 수 있습니다. 이것이 정부 간섭 없이 내가 할 수 있는 최선입니다. 사실 제 여윳돈을 다루는 다른 어떤 방법도 어리석고 사기를 떨어뜨리는 일일 것입니다. 하지만 그 결과 제가 점점 더 부자가 되고 가난한 사람들은 상대적으로 점점 더 가난해진다는 것입니다. 그래서 보시다시피 저는 정부의 행동을 통하지 않고는 기독교인조차 될 수 없습니다. 잉 주임사제도 마찬가지입니다.[**]

---

[*] '그리스도의 충고'란 앞에서 쇼가 자신을 '재물이 많은 젊은이가 아니'라고 말한 내용과 관련이 있다. 마태복음 19:20-24의 '그 청년이 가로되 이 모든 것을 내가 지키었사오니 아직도 무엇이 부족하나이까? 예수께서 가라사대 네가 온전하고자 할진대 가서 네 소유를 팔아 가난한 자들을 주라. 그리하면 하늘에서 보화가 네게 있으리라. 그리고 와서 나를 좇으라 하시니. 그 청년이 재물이 많으므로 이 말씀을 듣고 근심하며 가니라. 예수께서 제자들에게 이르시되 내가 진실로 너희에게 이르노니 부자는 천국에 들어가기 어려우니라. 다시 너희에게 말하노니 약대가 바늘귀로 들어가는 것이 부자가 하나님의 나라에 들어가는 것보다 쉬우니라 하신대-'와 비슷한 내용이 마가복음 10:17-25과 누가복음 18:18-25에 되풀이된다.

[**] 쇼의 논점을 정리하자면 '나도, 잉 주임사제도 그리스도의 충고를 따르고 싶지만, 이 일이 개인적으로는 불가능하고 오직 국가권력과 제도, 즉 조세정책에 의존할 수밖에 없다'가 된다.

이제 우리의 문제로 들어가 봅시다. 우리는 자신을 통치할 수 없습니다. 그러나 효과적인 현대 정부에 필요한 막대한 권력과 재정을 절대군주나 독재자에게 맡긴다면, 그러한 권력자는 대단히 뛰어나지 않은 한 어느 정도 미쳐 버리게 됩니다. 그런데 대단히 뛰어난 권력자는 찾기가 대단히 어렵습니다. 게다가 현대 정부의 일은 한 사람이 감당할 수 있는 일이 아닙니다. 그러기엔 너무 큽니다. 만약 우리가 우수한 사람들의 위원회나 의회에 의지한다면 그들은 자신들의 이익을 위해 과두정치를 수립하고 권력을 남용할 것입니다. 우리의 딜레마는 무리를 이룬 인간이 자신을 통치할 수 없다는 점입니다. 그러나 윌리엄 모리스가 말했듯이 어떤 사람도 다른 사람의 주인이 될 만큼 아주 훌륭하지는 않습니다. 우리는 통치받을 필요가 있으면서도 우리의 통치자를 통제해야 합니다. 하지만 최고 수준의 통치자들은 자기네 양심 외에는 어떠한 통제도 받아들이지 않을 것입니다. 그리고 통치받는 우리도 우리가 가진 통제 권력을 남용하기 쉽기 때문에 우리의 무지와 우리의 열정, 우리의 사적이고 즉각적인 이익은 대단히 빼어난 자격을 갖춘 통치자들의 지식과 지혜, 공공정신, 미래에 대한 사려와 끊임없이 충돌합니다.

그래도 우리가 통치자들을 통제할 수 없다면, 적어도 그들을 선택했다가 마음에 들지 않는 경우 바꿀 수는 없을까요?

민주적 선택의 원시적인 예를 하나 만들어 보겠습니다. 상상의 예를 드는 것이 항상 최선입니다. 그것은 아무도 기분 상하게 하지 않습니다. 우리가 한 마을의 주민이라고 상상해 봅시다. 우리는 우체부 자리에 누군가를 선출해야 합니다. 여러 후보자가 있지만 한 사람이 유독 돋보입니다. 왜냐하면 그는 자주 우리를 술집에서 대접했으며, 우리의 작은 꽃전시회에 1실링을 기부했으며, 지나갈 때 아이들에게 친절한 말을 건넸으며, 그의 선친이 우리의 가장 성공적인 밀렵꾼 중 하나여서 그로선 지주로부터 억압받는 피해자이기 때문입니다. 우리는 그를 의기양양하게 선출합니다. 그리고 그는 정식으로 임명되고, 제복을 입고, 빨간 자전거를 제공받고, 배달할 편지 묶음을 받습니다. 그로선 직책을 추구한 동기가 순수한 야망이었기 때문에 자신의 의무에 대해 미리 많이 생각하지 않았습니다. 그리고 이제 자신이 읽을 수 없다는 것이 처음으로 떠오릅니다. 그래서 한 소년을 고용해서 함께 다니며 주소를 읽게 합니다. 우체부가 집에 편지를 배달하고, 크리스마스 팁을 받고, 그 업무의 모든 공로를 차지하는 동안 소년은 골목에 숨습니다. 시간이 지나 우체부는 자신의 직무 수행에서 효율적이었다는 높은 평판을 가지고 죽습니다. 그리고 우리는 비슷한 이유로 똑같이 문맹인 후계자를 선출합니다. 하지만 이때쯤 소년은 성장해서 우편제도의 일부가 되었습니다. 그는 새로운 우체부에게 자신을 우편 제도의 확립되고 불가결한 특징이라고 내세우고는 결국 마을에 의해 그런 존재로 인정받고 급여를 받게 됩니다.

여기에 민중이 선출한 내각 장관과 그가 주재하는 행정 조직의 전형적인 모습이 있습니다. 이것은 매우 잘 작동할 수도 있습니다. 우리의 우체부는 문맹이지만 매우 유능한 사람일 수 있고, 그를 위해 주소를 읽어 주는 소년은 다른 일은 아무것도 할 수 없을 정도로 무능할 수도 있기 때문입니다. 하지만 이것이 항상 일어나는 것은 아닙니다. 일어나든 일어나지 않든 이 시스템은 민주적 현실이 아닙니다. 이것은 민주적 환상입니다. 소년이 상황을 이용할 만큼 충분한 능력이 있을 때는 우체부의 주인이 됩니다. 일을 하도록 선출된 사람이 실제로는 하지 않고 있습니다. 그는 단지 상임 공무원이 시키는 대로 하는 인기 있는 사기꾼일 뿐입니다. 그렇게 해서 우리는 지금 공무원 조직에 의해 통치받고 있습니다. 너무나 거대한 권력을 가지고 있어서 자기네 규정이 영국의 법률을 대체하는 공무원 조직 말입니다. 하지만 이 규정 중 일부는, 대중의 편의는 물론 권리조차 조금도 고려하지 않고 자신들의 편의를 위해 만들어진 것입니다. 그런데 우리의 공무원은 어떻게 선발됩니까? 공무원은 대부분 비싸게 교육받은 젊은이만이 통과할 수 있는 학력 시험으로 선발됩니다. 그래서 이 방식이 우리 정부의 가장 강력하고 효과적인 부분을 무책임한 계급 정부로 만듭니다.[*]

그럼, 여러분이나 제가 공무원 조직에 대해 어떤 통제권을 가집니

---

[*] 값비싼 교육을 받을 수 있는 부유층만이 공무원이 될 수 있으므로 정부의 핵심 권력이 특정 계층의 손에 집중된다는 비판이 담긴 말이다.

까? 우리는 투표권을 가집니다. 나는 그것이 어떤 것인지 보기 위해 제 것을 몇 번 사용해 보았습니다. 자, 그것은 이렇습니다. 선거가 다가오면 제가 전혀 모르는 두세 사람이 제게 편지를 써서 표를 요청하면서 집회 일정과 선거 연설문, 투표 안내문을 동봉해 보내옵니다. 연설문 중 하나는 '모닝 포스트'의 기사처럼 읽히고, 국기가 그려져 있습니다. 다른 하나는 '데일리 뉴스'나 '맨체스터 가디언' 같습니다. 둘 다 100년 전 편집실 휴지통에서 모아온 것 같습니다. 더 최신이고 훨씬 더 잘 쓰인 세 번째 연설문을 보면 발송인이 노동당 본부에서 대필 받았음이 분명합니다. 네 번째는 그중 가장 끔찍하게 시대착오적인 것으로 1848년 공산당 선언의 초기 영어 번역본 문구들을 담고 있습니다. 저는 이 문서 중 어느 것도 후보자가 썼다는 보장을 받지 못했습니다. 이 문서들은 후보자의 성격이나 정치적 능력에 대해 아무것도 알려 주지 않습니다. 앞 페이지를 장식하는 엉성한 인물사진은 20년 전에 찍은 것이어서 그들의 나이조차 알려 주지 않습니다. 만약 제가 선거 집회 중 하나에 가면 집회가 극장보다 싸고 재미있다고 생각하는 사람들로 가득 찬 학교 교실을 발견하게 됩니다. 단상에는 선거구에서 정당 정치를 유지하기 위해 열심히 일한 불쌍한 사람 한두 명이 앉아 있습니다. 그들은 후보가 되어야 마땅하지만 롤스로이스 자동차를 소유할 가능성도, 그런 저명한 지위에 오를 가능성도 없습니다. 단상의 활동가들은 후보에 대한 신임 표결을 제안합니다. 비록 후보가 활동가 자신들뿐만 아니라 참석한 다른 모든 사람에게 낯선 사람이어서 아무도 그런 신임을 느낄 수 없지만 말입니다. 활동가들은 후보를 위한 박수를 이끌고, 질문이 나올 때 그에게 귀띔해 주며, 그가 완전히 막힐 때는 벌떡 일어나 "제가 대답하게 해 주세요, 의장님!"이라고 외치고는 후보가 대답한 것인 양 합니다. 낡은 구호들이 단조롭게 반복되고, 청중이 안도의 함성으로 받아들이는, 상대 정당에 대한 신랄한 비방 외에는 아무런 의미도 실체도 없습니다. 그러나 이것은 나쁜 매너를 드러낼 뿐입니다. 만약 제가 이 후보들 중 한 명에게 투표하고 그나 그녀가 선출된다면, 저는 정부를 민주적으로 통제하는 셈입니다. 저 자신의, 저 자신을 위한, 저 자신에 의한 통치를 수행하면서 말입니다. 잉 주임사제가 이런 헛짓거리를 민주주의라고 믿을 수 없다는 게 놀랍습니까? 만약 제가 이것을 믿는다면 저는 전혀 투표할 자격이 없을 것입니다. 만약 이것이 민주주의라면, 시뇨르 무솔리니가 민주주의를 썩어 가는 시체라고 묘사한 일을 누가 비난할 수 있겠습니까?*

후보자들은 자신을 소개하고 제가 던지는 질문에 답하는 것 외에 저를 위해 무엇을 더 할 수 있겠느냐고 저에게 물을지 모릅니다. 그들이 아무것도 할 수 없다는 점은 물론 인정합니다. 하지만 제가 인

---

* 무솔리니가 민주주의에 대해 한 말은 '민주주의는 이론상으로는 아름답지만 실제로는 그릇된 믿음이다(Democracy is beautiful in theory; in practice it is a fallacy)'이다. 그는 또 '우리는 자유의 썩은 시체를 묻었다(We have buried the putrid corpse of liberty)'라고도 했다. 자유가 민주주의의 핵심 가치 중의 하나이니 쇼가 착각한 모양이다.

정한다고 해서 문제가 해결되는 것은 아닙니다. 제가 원하는 것은 그들의 능력을 진짜로 시험해 보는 것입니다. 일차대전 직전에 샌프란시스코의 한 의사가 지원자의 피 한 방울을 압지에 묻히면 30분 안에 그에게 어떤 신체적 문제가 있는지 알아낼 수 있다는 것을 발견했습니다.[*] 내가 기다리는 것은 피 한 방울이나 머리카락 한 가닥만 있으면 그 사람이 정신적으로 어떤 장점이 있는지 확인할 방법이 발견되는 것입니다. 그렇게 되면 우리는 공적이든 사적이든 모든 직무에 대해 유능한 사람들의 등급별 명단을 만들 수 있고, 아무리 인기가 있더라도 적절한 명단에 속하지 않는 사람은 우리를 통치하는 일을 맡지 못하게 할 수 있을 것입니다. 등급의 하단에는 교구 회의에 참여할 자격이 있는 사람들의 명단이 있을 것이고, 상단에는 외무장관이나 재무장관으로 활동할 자격이 있는 사람들의 명단이 있을 것입니다. 현재로서는 인구 천 명당 2명 정도만이 최고 명단에 들어갈 수 있을 것입니다. 그렇게 되면 저는 우체부를 선

---

[*] '샌프란시스코의 한 의사'란 앨버트 에이브럼스(Albert Abrams, 1863-1924)를 말한다. 그는 1910년 전자 진동에 기반한 진단법을 개발했다고 주장했고, 이를 '에이브럼스의 전자 반응법'이라는 이름으로 책(New Concepts in Diagnosis and Treatment, San Francisco: Philopolis Press, 1916)을 통해 공식 발표했다. 그는 환자의 혈액 한 방울만으로 30분 이내에 암, 결핵, 매독 등 각종 질병을 진단할 수 있다고 주장했으며, 혈액 샘플은 압지에 묻혀 우편으로 보내도 된다고 했다. 이 진단법은 큰 주목을 끌어, 추리소설가 아서 코난 도일 등 유명 인사들도 그를 지지했다. 그러나 '사이언티픽 아메리칸'지는 그가 죽은 후인 1924년 9월, '에이브럼스의 전자 반응법은 완전히 무가치하다'는 판결을 내렸다. 쇼도 당연히 이러한 사실을 알았을 테니, 결국 그의 언급은 풍자로 읽힌다.

출했다가 그가 읽지도 쓰지도 못한다는 것을 발견하는 위험에 처하지 않을 것입니다. 제가 선택할 수 있는 후보자들이 현재보다 더 제한적일 수도 있겠지만, 저는 허풍선이나 얼간이가 의회에서 저를 대표하도록 선택할 자유를 원하지 않습니다. 그리고 자격을 갖춘 후보들 사이에서 선택할 수 있는 것만으로도 필요한 만큼 충분히 통제권을 행사할 수 있습니다. 투표와 개표는 기계가 할 것입니다. 제 전화기를 적절한 사무실과 연결하고, 버튼을 누르면, 나머지는 기계가 처리할 것입니다.

미국 의사의 발견이 완성되기를 기다리는 동안 우리는 어떻게 계속 나아가야 할까요? 글쎄요, 우리의 현재 체제가 만들어 내는 정부와 함께 최선을 다하는 수밖에 없습니다. 새로운 발견이 없어도 여러 개혁이 가능합니다. 율리우스 카이사르의 노 젓는 배가 대서양 정기선이 하는 일을 할 수 없는 것처럼, 우리의 현재 의회는 구식이어서 현대 국가가 하는 일을 할 수 없습니다. 우리는 이 섬들에 두세 개*의 추가적인 연합 입법부가 필요하며, 이들은 우리의 의회 정당 체제 대신 지방자치 위원회 체제로 운영되어야 합니다. 우리는 연합 업무를 조정할 중앙기관이 필요합니다. 우리네 소규모 행정구역의 낡은 경계들은 철폐되어야 하며, 지방정부의 단위는 통신과 협력이 최근 비약적으로 용이해진 것에 부합하는 규모로 확대되어

---

* '이 섬들'은 영국 본섬과 아일랜드를 가리킨다. '두세 개'는 스코틀랜드와 웨일즈에다, 이미 영국의 일부가 된 북아일랜드를 염두에 둔 표현으로 보인다.

야 합니다. 영연방 업무와 국제연맹이나 다른 방법을 통한 초국가적 활동을 위한 준비가 필요하고, 내각의 기능도 변화해야 합니다. 가짜 민주주의에서 비롯한, 우리 정치 기구의 모든 방해 기능들을 가차없이 폐기해야 하며, 통치의 전반적 문제는 적극적 관점에서 접근해야 합니다. 그러한 관점에서는, 단지 무정부적일 뿐 실질적인 자치가 아닌 국가 주권 개념은 아무런 의미가 없을 것입니다.

할 수 있는 모든 것이 이루어진 후에도 문명은 여전히 통치자와 피통치자의 양심에 달렸을 것이라고 경고하면서 마쳐야겠습니다. 우리의 타고난 성향은 선할지도 모릅니다. 하지만 우리는 잘못 양육되었고, 반사회적인 개인적 야망과 편견, 속물근성으로 가득 차 있습니다. 우리 아이들에게는 우리보다 더 나은 시민이 되도록 가르치는 것이 낫지 않을까요? 우리는 현재 그렇게 하지 않고 있습니다. 러시아인들은 하고 있습니다.* 이게 제 마지막 말입니다. 곰곰

---

* 쇼가 이 서문을 쓴 1930년, 소련은 대대적인 교육 개혁을 진행 중이었다. 1914년 러시아의 문자 해독률은 약 32%에 불과했으나, 볼셰비키 정권이 "문맹 퇴치 운동"을 통해 이를 급격히 끌어올려 1939년에는 94%에 이르렀으며, 유치원부터 집단생활과 공동체 의식, 노동의 가치를 가르치는 체계적인 시민 교육을 실시했다. "새로운 소비에트 인간(New Soviet Man)"의 창조가 국가적 목표였다. 이런 소식은 당시 서구 지식인들 사이에서 널리 알려졌고, 쇼는 이에 깊은 인상을 받았다. 물론 쇼는 소련 체제의 어두운 면(스탈린이 독재를 강화하여 반체제 인사를 숙청하는 등 사상의 자유를 억압한 일을 포함해서)을 충분히 인식하지 못했거나 의도적으로 외면한 측면이 있다. 1931년 소련을 방문한 뒤 쇼가 보인 지나친 낙관은 훗날 많은 비판을 받았다. 그러나 여기서 쇼의 논점은 소련 체제 전체를 찬양하는 것이 아니다. 영국이 아이들에게 "반사회적 개인적 야망과 편견, 속물근성"을 물려주고 있으니, 적어도 더 나은 시민을 양성하려는 의식적인 노력을 해야 하지 않겠느냐는 뜻이다.

이 생각해 보십시오.

　민주주의에 관한 방송 연설은 이 정도로 마무리한다! 이제 '파손 주식회사'에 관해 한마디 해야겠다. 자기 일을 아는 모든 사회주의자처럼 나는 파괴와 낭비, 질병에서 거대한 기득권을 만들어 내는 우리의 민간 자본주의 체제가 저지르는 해악에 대해 꽤씸함을 느끼고 있다. 군수회사는 전쟁으로 번창하고, 유리 끼우는 직공은 깨진 창문으로 이득을 얻으며, 수술하는 외과의사는 자식들의 빵을 위해 암에 기대고, 증류업자와 양조업자는 주취(酒醉)의 이익을 신성화하기 위해 대성당을 짓는다. 그리고 부자의 번영에는 나사로 백 명의 궁핍이란 대가가 따른다.[*]

　'파손 주식회사'라는 명칭은 내가 개인적으로 알고 지내던 놀라운 천재, 고(故) 알프레드 워웍 개티의 말로에서 착안한 것이다. 나는 처음에 그를 희곡 작가로 알게 되었다. 그는 주변을 불편하게 하는 사람이었는데 만성 과민증을 앓고 있었다. 아니, 나중에 드러난 바로는 그런 재능을 타고난 것이었다. 그는 모든 것을 심하게 느꼈고 자신의 감정을 강렬하게, 때로는 화산처럼 폭발적으로 표현했다. 나는 그가 극작가로서 큰 성과를 내기에는 충분히 냉철하지 못하다고 판단했다. 그래서 몇 년간 그를 보지 못하다가, 그가 매우 중요한

---

[*] 누가복음 16:19-31에 나오는 부자와 나사로의 이야기를 가리킨다. 부자는 생전에 호의호식했지만, 나사로는 부자의 집 대문 앞에서 구걸하던 거지였다. 죽어서 나사로는 아브라함의 품에 안겼으나 부자는 그럴 수 없었다.

발명을 했다는 소식을 들었을 때 나는 회의적이어서 그 발명이란 것이 그저 실현 불가능한 설계에 지나지 않는다고 결론지었다. 우리의 친구 헨리 머레이가 내 태도에 너무나 화를 내는 바람에, 나는 머레이를 달래기 위해 그 대단하다는 발명을 직접 확인해 보는 데 동의했다. 단, 개티가 그 과정에서 분별 있는 사람답게 처신하겠다고 약속하는 조건이 붙었다. 개티는 품위 있게 약속을 지켰다. 한 엔지니어가 나에게 개티의 기적 같은 발명을 설명하는 동안 개티는 침묵을 지켰고 짧은 성명서를 낭독하는 것으로 만족했다. 그 성명서에는 자신의 계획을 채택하면 당시 우리가 전쟁 중이던 중부 제국들을 압도할 만큼의 인력을 산업 현장에서 빼낼 수 있다는 내용이 담겼다.[*]

나는 매우 회의적인 태도로 조사에 임했다. 우리 친구는 "작업장"에 대해 말했다. 나는 작업장이란 게 개티의 과도한 상상력의 결과일 뿐이라고 여겨서 그가 실제로 가지고 있으리라고는 믿을 수 없었다. 그는 "회사"를 언급했다. 그건 좀 더 믿을 만했다. 누구나 회사를 차릴 수는 있으니까. 그런데 그 회사가 실제로 자본을 가지고 있을지는 의심스러웠다. 하지만 나는 배터씨로 마지못해 가게 되었는데 거기서 정말로 '신 교통 주식회사'라는 간판이 붙은 작업장을 발견했다. 그곳은 아주 넓어서 복선 철로와 플랫폼까지 설치되었

---

[*] 전쟁이란 1차 대전을 말하며, 중부 제국들(Central Empires)이란 당시 영국의 적이던 독일 제국과 오스트리아-헝가리 제국, 오스만 제국을 가리키며, 인력을 산업현장에서 빼낸다는 말은 개티의 발명으로 운송 효율이 높아지면 산업 현장에 필요한 인력이 줄어들 것이므로 남는 인력을 군대로 보낼 수 있다는 뜻이다.

다. 여기까지는 의심할 여지 없이 진짜였다. 플랫폼에 역은 설치되지 않았고, 장비라고는 전기 접속을 위한 버튼들이 일렬로 늘어선 테이블뿐이었다. 각 철로에는 강철 덮개가 달린 화차가 하나씩 있었다. 실험은 한 화차의 덮개 위에 안락의자를 놓고 나를 거기 앉히는 것으로 시작되었다. 그런 다음 물이 가득한 유리컵을 내 발치에 놓았다. 나는 그 물로 무엇을 해야 하는지, 무슨 일이 일어날지 전혀 상상할 수 없었다. 게다가 의자가 전기의자로 여겨져 긴장했다. 개티는 그때 위엄 있게 플랫폼의 테이블 앞에 앉아 손을 버튼 가까이 두었다. 그는 내 화차가 다른 화차를 지나칠 때 기적이 일어날 것이라고 알리면서, 그 기적이란 게 처음 지나칠 때 일어나게 할지 아니면 나중에 일어나게 할지를 선택하고, 어떤 순서로 반복할지를 지정해달라고 나에게 요청했다. 그때 나는 이미 선택할 능력을 잃은 상태였다. 그래서 빠를수록 좋다고 답하자, 두 화차가 출발했다. 다른 화차가 내 화차를 지나친 후에야, 나는 마법처럼 의자째 다른 화차의 덮개 위로 옮겨졌다는 것과, 컵은 물 한 방울도 흘리지 않은 채 내 발치에 그대로 있다는 것을 깨달았다.*

이야기의 나머지 부분은 비극과 희극이 섞인 것이다. 내가 개티에게 미안한 마음으로(나는 그를 과소평가한 것에 대해 깊은 죄책감을 느꼈다) 그가 엔지니어인 줄 전혀 몰랐고 전문 교육을 받지 않

---

* 개티의 발명은 두 화차를 같은 속도로 나란히 달리게 한 상태에서, 롤러를 이용해 화물을 한 차에서 다른 차로 수평 이동하여 파손을 방지하는 시스템이었다. 개티는 이 기술로 전국적 화물 운송망을 구상했으나 실용화되지는 못했다.

은 평범한 아마추어 발명가로만 생각했다고 말하자, 그는 자신이 정확히 그런 사람이라고 답했다. 마치 크리스토퍼 렌 경처럼 말이다.* 개티는 한때 전기 조명 사업에 관여했는데, 철도와 도로로 운송하기 위해 포장된 상자들을 다루는 과정에서 유리 전구가 엄청 많이 깨지는 것을 보고 치를 떤 적이 있다고 했다. 필요한 것은 상자를 화차에서 화차로, 화차에서 화물 자동차로, 화물 자동차에서 창고 엘리베이터로 충격이나 마찰, 수작업 없이 옮기는 방법이었다. 개티는 타고난 천재적 발명가였지만 극작가라는 잘못된 길을 선택한 사람으로서, 이 기계적 문제를 별다른 어려움 없이 해결했고, 엄청난 노동력과 파손을 절약할 방법을 국가에 제공했다. 그러나 사회의 은인으로 두 팔 벌려 환영받는 대신 그는 '파손 주식회사'라는 벽에 부딪혔다. 유리 제조공은 일자리를 위협받았으며, 우리네 철도 화차 수리라는 거대한 산업에서 부당하게 이익을 챙기는 세력(화물 열차가 멈출 때마다 150번의 격렬한 연쇄 충돌이 열차 끝에서 끝까지 전달되는데, 가까이 사는 사람들은 그 소음에 시달린다)이 있었으며, 철도 운반 노동자는 상자를 화차에서 플랫폼으로 내던지고, 다시 다른 화차로 집어 던지면서 전구를 깨뜨리고, 깡통을 찌그러뜨리는데 그 과정에서 자신들도 너무나 자주 다쳤다.

---

* 크리스토퍼 렌 경(Sir Christopher Wren, 1632-1723)은 영국의 건축가로 1666년 런던 대화재 이후 세인트 폴 대성당을 재건한 인물이다. 원래 천문학자였으나 독학으로 건축을 익혀 위대한 건축가가 되었다. 개티는 자신도 정규 엔지니어 교육 없이 발명가가 된 점에서 렌 경과 처지가 비슷하다고 여겼다.

그들은 모두 개티를 인류의 적과 가정 파괴자, 무고한 아기들을 굶주리게 하는 자로 보았다. 그는 용감하게 이들과 싸웠다. 하지만 이들은 그에게 너무 강했다. 결국 그의 특허권은 만료되었고, 전 세계에서 무명용사들이 추앙받는 동안 그는 거의 인정받지 못한 채 세상을 떠났다. 지금까지 '사과수레'가 그의 유일한 성지이다. 이마저도 그의 이름을 담고 있지 않기에 나는 그의 이름이 뒤늦게나마 역사에 오를 때까지 여기에 기록해 둔다.*

독자들로 하여금 개티를 다루기 쉬운 사람이었다고 여기게 하거나, 다소 상상력이 부족한 관료주의의 타성을 충분히 고려하면서 저항 세력을 화해적인 방식으로 대했다고 여기게 해서는 안 되겠다. 그런데 그 관료들은 나처럼 그의 화차에 앉아본 적도 없었고, 아마도 그를 이상주의자(정부 부처에서 매우 두려워하는 부류)로 낙인찍었을 것이며, 그래서 그가 발명가라는 진짜 핵심을 놓쳤다. 많은 천재처럼 그는 자신에게 명백한 것들이 왜 다른 사람들에게는

---

* 쇼는 개티의 실패가 파손으로 이익을 보는 기득권('파손 주식회사')의 방해 때문이라고 주장했다. 쇼가 '파손 주식회사'를 작명한 것은 자본주의가 극에 달하여, 대기업이 공익은 팽개치고 이윤 추구에만 몰두하느라 발명가의 기회를 방해하는 경우가 실제로 많다는 걸 보여 주기 위해서다(희곡의 제1막에 나온다). 즉, '파손 주식회사'의 이익은 사물이 자꾸 파손되어야 나오는 구조인데, 개티의 발명이 그걸 방해할지 모르니 회사로선 참을 수 없었다는 것이다. 그 외에도 관료의 무능함, 노동자의 두려움 등이 개티의 업적을 가렸다는 것이다. 결국 '파손 주식회사'는 특정 회사를 의미한다기보다는, 발명을 허사로 만드는 모든 세력을 통칭하는 것으로 읽히는 대목이다. 하지만 이 주장처럼 개티의 발명이 물거품된 것이 실제로 그런 이유 때문인지는 의문이다. 그 발명이 시대를 너무 앞선 탓은 아니었을까?

즉시 명백하지 않은지 이해할 수 없었으며, 그들이 그렇게 어리석을 수 있다고 믿기보다는 부패했다고 믿는 것이 더 수월하다는 걸 알았다. 한번은, 내가 그에게 더 외교적으로 처신하라고 권고한 뒤, 그는 상무장관에게 보낼 편지를 약간의 자부심을 가지고 내게 보여주었다. 그가 재치와 온화함의 걸작이라고 여겼던 편지를 말이다. 그 편지는 자신의 발명품을 설명하는 말이라곤 한 마디도 담지 않았고 대략 이런 식으로 시작했다. "각하, 만약 당신이 정직한 분이라면, 이 부패한 시대의 대단히 심각한 폐단 중 하나가 상무부의 퇴직 공무원들이 런던 금융가의 민간기업 이사직을 수락하는 것임을 부정할 수 없을 것입니다." 분명히 상무부로선 이런 발명가를 상대하기가 쉽지 않았을 것이다. 그가 공무원들의 관심을 끌고 싶어 한 건 자신의 새로운 기계가 아니라 명예롭지 못한 상무부가 스스로를 폐지해야 한다는 점이었으니 말이다.

내가 그를 마지막으로 본 것은 그가 화차보다 훨씬 더 중요하다고 주장하는 새로운 계획을 펼쳐 보이러 찾아왔을 때였다. 그날 그의 이야기는 매우 흥미로웠다. 템스강의 런던브리지 하류에 부두가 건설되기 전에 들끓던 해적들에 대한 생생한 이야기로 시작했다.[*]

---

[*] 런던 브리지 하류는 런던 브리지에서 바다 쪽으로 내려가는 템스강 구간이다. 17-18세기 무역선들이 정박하던 항구 지역으로, 벽으로 둘러싸인 폐쇄형 항만 시설(docks)이 건설되기 전에는 정박한 배와 화물을 해적이 습격하는 일이 잦았다. 18세기 말부터 West India Docks(1802) 등 안전한 항만 시설이 들어서면서 이런 문제가 해결되었다.

그는 부두가 단순히 화물을 싣고 내리는 선착장이 아니라 어떻게 배와 화물을 해적으로부터 안전하게 보호할 수 있는 요새로서 생겨났는지를 설명했다. 그는 지금 부두가 상상할 수 없을 만큼 귀중한 땅을 낭비하고 있으니, 부두의 기능이 완전히 다른 방식으로 이루어져야 한다고 주장했다. 그러고는 강 한가운데 건설될 선창의 도면을 보였는데, 선창이 철도와 도로로 해안 및 주요 간선철도와 직접 연결되는 것이었다. 배가 선창 옆에 정박하면, 화물은 간단한 기중기 시스템으로 들어 올려져 (안락의자에 앉았던 나처럼) 사람의 손을 거치지 않고 철도 화차나 화물 자동차로 옮겨질 것이므로 파손의 위험이 없다는 것이었다. 그것은 모든 면에서 훌륭했고, 복잡하면서도 단순했으며, 실현 가능성이 커 보였으며, 사회적으로 엄청나게 가치 있는 것이어서, 나는 그것을 매우 진지하게 받아들이고는 관계자들의 관심을 끌기 위해 무엇을 할 수 있을지 논의하기 시작했다.

놀랍게도 개티는 실망하고 분노했다는 확실한 표시를 드러내기 시작했다. "자네가 내 말을 이해하지 못하는 것 같군." 그가 말했다. "이 모든 기계적인 것들을 보인 건 단지 예시를 위해서야. 자네한테 상의하러 온 진짜 이유는 내가 쓰려고 하는 대단한 통속극에 관한 것인데, 17세기 런던브리지 하류를 무대로 삼은 해적 이야기야!"

이런 사람을 나나 그 누가 어떻게 할 수 있겠는가? 내가 웃었을 때 그는 순진하게 놀랐다. 그리고 그는 절반만 납득한 채 떠났다.

부두를 건축 부지로 바꾸고, 템스 강의 교통을 신속하게 하고, 위험하고 사기를 떨어뜨리는 일용직 노동을 절약하고, 저임금 부두 노동자를 고임금 전기 기술자로 변모시키는 그의 계획이 우스꽝스러운 그 어떤 통속극보다도 엄청나게 더 중요하다는 것을 말이다. 그는 물론 그 안에 그런 모든 것이 들어 있다는 것을 인정했다. 하지만 나는 그의 마음이 통속극에 가 있다는 것을 알 수 있었다.

관료 조직은 그의 모욕에 몸부림칠 것이 명백했으며, 주요 인사에 대한 그의 존경심이 부족하다는 점에 충격받을 것이 명백했고, 더욱이 우리 정부의 모든 부처가 그렇듯이 '파손 주식회사'의 기득권에 발이 묶여 그를 위해 아무것도 하지 않을 것이 명백했다. 그래서 나는 좀 덜 난처한 처지에 있는 공적인 인사들을 설득해서, 화차를 타보고 그것이 정말로 존재하고 작동한다는 것을 납득하도록 했다. 그러나 여기서도, 개티와 역시 아마추어였던 크리스토퍼 렌 경 사이의 유사점이 드러났다. 렌 경은 세인트 폴 대성당을 재설계하고 재건축하는 것에 만족하지 않았다. 그는 런던 전체도 재설계하고 싶어 했다. 렌 경이 온전히 옳았다. 우리가 그에게 그 일을 맡기지 않아서 잃은 것은 헤아릴 수 없이 많다. 마찬가지로 개티도 우리 철도의 화물운송 시설을 개선하는 것에 만족하지 않았다. 당신의 생각이 패링던 시장(市場)에 새로운 중앙 집하장을 당장 만들고, 그것을 새로운 지하철 시스템으로 기존 철도와 연결해야 할 필요성을 파악할 만큼 원대하지 않다면, 그는 당신의 말을 귀담아듣지 않을 것이다. 물론 그가 옳았다. 우리가 낡은 방식을 고수함으로써 이미 잃은 것은 그의 안을 실행하는 데 들었을 엄청난 비용보다도 더 크다. 하지만 전쟁이 진행 중이던 당시에는 돈도 추진력도 없었다. 집하장은 템스강 선창과 마찬가지로 여전히 도면으로만 남아 있고, 개티는 무덤에 누워 있다. 그러나 나는 여전히 믿는다. 그것들을 상상했을 뿐만 아니라 그 기계장치까지 발명한 사람이 거절당했음에도 무너지기는커녕, "보잘것없는 한 연극의 소재가 되어 주기만 한다면 내 기계적 쓰레기들이 모두 사라져도 좋다!"라고 외칠 수 있었던 사람에게는 분명 위대한 무언가가 있었을 것이라고.

이 작은 역사가 개티의 경험이 실제로 어떻게 '파손 주식회사'와, 동력장관의 비통한 외침의 배경이 되었는지를 설명해 줄 것이다. '파손 주식회사'의 '파손'이란 이름 자체가 파손되기 전까지는 이 역사가 우리에게 전하는 메시지는 멈추지 않을 것이다.

에이엇 세인트 로렌스에서,[*] 1930년 3월

옮기고 나서

　이 작품을 쓰던 1928년 말 이전, 버나드 쇼는 '지적인 여성을 위한 사회주의와 자본주의 안내서(1928년)'를 썼으며 노벨 문학상(1925년)을 받았다. 인생의 황혼에 이른 데다 '성 조앤(1923년)' 이후 희곡을 쓰지 않았으니, 사람들이 그가 창작력을 잃은 건 아닌지를 의심하던 때였다. 그런 차에, 쇼의 작품 '므두셀라로 돌아가라(1923년)'를 처음으로 연출한 연극 기업인인 배리 잭슨 경으로부터 제안이 왔다. 다음 해인 1929년에 몰번에서 쇼의 연극을 드높이기 위한 연극페스티벌을 시작하겠다면서, 새 작품을 써 달라고 요청한 것이다. 몰번은 런던에서 서북서쪽으로 2시간, 버밍엄에서 남서쪽으로 1시간 거리에 있는 구릉지대인 몰번 언덕 기슭에 자리 잡고 있다. 사실 쇼 부부는 몇 년 전부터 몰번의 단골 방문객이었다. 매년 봄이면 이곳을 찾아 온천을 즐기고 휴식을 취했다. 조용한 온천 마을의 분위기가 그들을 사로잡았던 것이다. 그러니 그즈음 쇼에게 그곳은 제2의 고향 같은 곳이었다. 주기적으로 찾아가 쉬던 마을에서 자신의 연극을 해마다 상연하기 위한 축제를 시작하겠다는데, 창작력이 아직 메마르지 않은 작가에게 이보다 더 솔깃한 제안이 있을까?

결국 그는 6주 만에 작품을 완성했다. 연극이 먼 미래의 일을 담았다는 언질이 주어지지만, 영국의 정치 현실을 비판하려는 작가의 의도가 뻔히 드러난 작품이다. 그런데 민주주의에 실망한 나머지 차라리 군주제가 더 나을지도 모른다는 내용을 담았으니, 그 군주가 능력과 교양을 갖추고 자비롭기까지 하다면 그럴듯해 보인다. 하지만 그런 군주는 도대체 어떻게 길러낸단 말인가? 쇼가 가입한 페이비언 협회를 비롯한 많은 단체와 개인들의 노력으로 여성 참정권 법이 통과된 게 지난 7월이다. 선거는 민주주의의 꽃이라고들 한다. 그러니 모든 성인이 참정권을 갖는다는 것은 민주주의로 나아가기 위해 겨우 첫발을 뗀 것에 불과하다. 영국 여성들이 이 투표권을 처음으로 행사하려면 내년 5월까지 기다려야 하는데, 벌써 민주주의의 한계를 봤다고 했으니, 진단이 일러도 너무 이르다는 비난이 쏟아지기 십상이다. 게다가 아직 민주주의라는 말도 들어 보지 못한 인류 대다수의 처지에서 보자면, 민주주의가 가장 발달한 나라에서, 민주주의의 고갱이인 표현의 자유란 혜택을 가장 많이 입은 작가가 할 말은 아니라고 할 수도 있겠다.

그런데 우리의 쇼 선생이 어떤 분인가? 그로선 눈에 뻔히 보이는 걸 말하지 않을 수 없었을 것이다. 양원제라고 하지만 상원은 귀족의 집단이니 기득권을 지키기에 급급하고 가진 실권도 별것 없다. 산업혁명 이후 민간에 좋은 일자리가 많이 생기는 바람에 귀족이든 평민이든 유능한 인재는 정치계에 입문하려 들지를 않는다. 실권을 가진 하원은 어떤가? 자리를 탐하는 어중이떠중이가 너무 많다. 이들은 국리민복보다는 다음 선거에 관심이 더 많으며, 국민의 소리보다는 대기업의 요구에 더 귀를 기울인다. 그러니 정치인들이 책임질 일, 즉 나라의 미래를 위해 큰 계획을 세우는 일은 자꾸만 뒤로 미루고, 인기에 영합하거나 금권정치에 길들기 십상이다. 그러니 쇼로선 성인 선거권에 의한 민주주의, 즉 대의민주주의의 실현은 사기라고 주장하게 된 것이다. 과연 어느 누가 민주주의가 매우 취약한 제도라는 쇼의 주장을 성급하다고 할 수 있겠는가?

　당시 쇼의 정치철학에 더 다가가고 싶은 독자는 '지적인 여성을 위한 사회주의 자본주의 안내서(조지 버나드 쇼 지음, 오세원 옮김, 서커스, 2021)'란 책과 '현대 영미 드라마' 제28권 3호(2015년 12월), 135-169쪽에 실린 엄태용의 'The Apple Cart와 On the Rocks: 버나드 쇼의 대의민주제 비판과 정치개혁의 열망'이란 논문을 참고하길 바란다.

　'사과수레'는 1929년 6월 폴란드 바르샤바에서 폴란드어로 초연되었고, 8월 19일 영국 몰번 페스티벌(Malvern Festival)에서 영어 초연 후 31일까지 공연되었다. 몰번 공연 이후 연극은 버밍엄으로 옮겨져 9월 2-13일에 버밍엄 레퍼토리 극장(Birmingham Repertory Theatre)에서 공연되었다. 이후 공연은 런던 웨스트엔드의 퀸스 극장(Queen's Theatre)에서 9월 17일부터 공연되었다. 쇼는 '몰번 페스티벌 2주 동안 자신의 연극들을 관람하느라 고조된 기분에서 회복하기 위해' 몰번에 며칠 더 머물렀다. 그 틈을 타서, 즉 9월 3일 '런던 옵서버(The Observer)'의 기자 비숍(G. W. Bishop)이 쇼를 만났다. 그 결과가 9월 8일자 '쇼 선생과 함께한 산책과 대화(A walk and a talk with Mr Shaw)'라는 기사에 담겼다. 기사는 '어떤 연극도, 심지어 쇼의 다른 작품들조차 '사과수레'만큼 화제가 된 적이 없다'로 시작한다. 산책을 마친 두 사람이 숙소로 돌아온 뒤의 이야기를 비숍으로부터 직접 들어 보자.

'실내에서는 쇼 부인이 차를 준비해 놓고 우리를 기다리고 있었다. 우리는 즉시 '사과수레'에 관한 얘기를 시작했다. 내가 비평에 대해 말을 꺼냈다.

쇼 선생이 말했다. "비평가들은 장르 구분에 크게 신경 씁니다. 제가 프로그램의 교정쇄를 보지 못하는 바람에 런던 공연을 위한 인쇄물에는 부제가 빠졌습니다. 전체 제목은 이렇게 되어야 했습니다. '사과수레: 두 개의 막과 막간극으로 이루어진 A Political Extravaganza'라고 말이지요. Extravaganza라는 단어가 비평가들에게 도움이 되었을 것이고, 그러면 짧은 두 번째 막에 대해 걱정을 덜 했을지도 모릅니다.'"

작가가 설명했듯이 이 연극은 제1막과 막간극에 이어 제2막으로 구성된다. 모두 배경이 다르니 막이 바뀌는 건 마찬가지인데 이걸 굳이 3막극이라고 하지 않은 이유는 그의 설명을 들어도 모호하다. 어쨌든 쇼가 말한 '두 번째 막'이란 막간극을 말한다. 이어지는 비숍의 질문과 쇼의 대답을 더 들어보자.

"'이제 두 번째 막 얘기를─, 막간극이던가요?"

"작곡가들은 교향곡에서 느린 두 번째 악장을 쓰는 것이 허용됩니다. 제 작품에서 하나 넣는 것은 왜 허용되면 안 됩니까?"라고 쇼 선생이 주장했다. "아니면, 두 번째 막은 일종의 긴장 완화라고 봐도 좋습니다. 희극적 긴장 완화라고나 할까요. 무덤 파는 사람들의 장면이 햄릿의 성격과 무슨 관계가 있습니까?* 하지만 세익스피어는 제가 이해하는 것을 이해했습니다. 희곡에 유머를 넣으려면 통속적인 유머를 넣어야 합니다!"

"물론 두 번째 막은 '맥베스'의 문지기 장면** 만큼 큰 극적 의미를 지닙니다. 위기의 한복판에서 왕을 단지 한 정치가가 아니라 가정생활을 가진 한 인간으로 보여 줌으로써 왕의 초상을 완성합니다. … 왕은 결혼 생활에서 상대의 한계를 인정하는 것이 중요하다는 점을 압

---

* '햄릿' 제5막 1장을 말한다. 무덤 파는 사람 둘이 오필리아의 무덤을 파며 농담하는 장면이다.
** '맥베스' 제2막 3장을 말한다. 맥베스 성에 초대된 던컨 왕이 살해된 직후, 술 취한 문지기가 등장해 자신을 지옥의 문지기로 비유하며 농담하는 장면이다.

니다. 그가 아내인 제미마와는 나눌 수 없는 화제가 있는 반면에 아름다운 오린시아도 분명 자신의 한계가 있습니다. 이것은 중요한 장면이지 오로지 관객을 즐겁게 하려고 있는 것이 아닙니다. 저는 이 점을 이해하지 못한 비평가들은 행복하게 결혼생활을 하는 사람들이라고 결론지을 수밖에 없습니다. 오린시아와 제미마를 한 몸에 겸비한 아내와 말입니다. 보통의 남자는 그만큼 운이 좋지 않습니다. 서로 왜 아웅다웅하는지조차 모르는 괜찮은 중산층 가정들이 수없이 많습니다. 왕과 오린시아 사이의 장면은 쓴 약 같은 구실을 할 것입니다. 베아트리체가 돈 페드로의 청혼에 답하는 장면에서 셰익스피어도 같은 생각을 내비쳤습니다. '아니요, 왕자님, 평일에 쓸 다른 사람이 있다면 모를까요. 왕자님은 매일 모시기엔 너무 귀한 분입니다'라고 답할 때 말입니다.* 지적으로는 제미마가 매일 입기에 좋고, 오린시아는 멋진 일요일의 기분 전환이란 걸 마그누스가 알고 있습니다. 결혼한 사람들은 '사과수레'의 두 번째 막을 보고 나면 더 사이좋게 지낼 것입니다.'"

두 번째 막, 즉 막간극에서 왕은 자신의 정부이자 궁녀인 오린시아와 사랑싸움을 벌이다가 심각해져서 몸싸움까지 가는 바람에 비서에게 들키고 만다. 막간극의 내용 일부는 쇼의 개인사와 관련이

---

* 셰익스피어의 희곡 '헛소동'에서 베아트리체가 돈 페드로 왕자의 청혼을 거절하는 장면이다. 청혼자에게 당신은 남편감(평일용)이 아니라 애인감(특별용)이라고 답했으니 모욕적이면서도 재치 있는 말이다.

있어 보인다. 그의 전기인 '버나드 쇼-지성의 연대기(헤스케드 피어 슨 지음, 김지연 옮김, 뗀데데로, 2016)'에는 다음과 같은 대목이 나 온다.

　'쇼는 캠벨 부인*과의 관계에 대해 이렇게 설명했다. "전쟁이 나기 전 몇 년 동안 나와 캠벨 부인은 '사과수레'의 마그누스 왕과 오린시 아처럼 친밀한 관계였다. 하지만 나는 마그누스 왕처럼 충실한 남편 이어서, 마그누스 왕이 말한 대로 실제 우리 관계는 이상하게 결백했 다." … 캠벨 부인이 '쇼는 잘 정돈된 가정이 우선인 사람'이라고 했다 는 게 전혀 놀랍지 않다. 캠벨 부인의 증언대로, "쇼 부인은 어떤 상황 에서도 10분 이상 기다리게 해서는 안 되는 존재"였다. 때로 캠벨 부 인은 극 중 오린시아처럼, 쇼의 "융통성 없는 가정생활(역시 캠벨 부 인의 표현이다)"을 참지 못하고, 아내와 사과를 먹는 게 전부인 그의 점심식사를 지연시키기 위해 갖은 노력을 다했다.'

　전기에는 캠벨 부인이 경제적 이유로 쇼의 편지를 담은 책을 출 판하려고 했을 때, 쇼가 몇 편의 편지를 편집해서 실을 수 있게 허 락해서 그녀를 난관에서 구했다는 대목이 이어진다. 쇼가 아내의

---

* 캠벨 부인(Mrs. Patrick Campbell, 1865-1940)은 영국의 유명한 연극배우이다. 쇼 는 1890년대 그녀가 '햄릿'의 오필리아로 분한 것을 보고 희곡 '피그말리온'의 아이 디어를 얻었다고 한다, 결국 그는 15년 후인 1912년 이 희곡을 집필했으며, 우여곡 절을 거쳐 1914년 마침내 그녀를 무대에 세웠다.

입장을 고려하여 편집을 요청했다는, 캠벨 부인의 책은 1922년에 출간된 '내 삶과 편지들(My Life and Some Letters)'을 말하며, 쇼 부인은 이 책을 읽었을 가능성이 크다. 캠벨 부인과 쇼와의 편지를 온전히 담은 '버나드 쇼와 캠벨 부인: 이들의 편지(Bernard Shaw and Mrs. Patrick Campbell: Their Correspondence)'가 출판된 건 1952년이다. "아내가 살아 있는 동안에는" 쇼가 출판하지 못하게 했던 이 편지를, 쇼 부인(1857-1943)이 읽었더라면 "결혼한 사람들은 '사과수레'의 두 번째 막을 보고 나면 더 사이좋게 지낼 것입니다"라는 쇼의 말에 동의했을지 궁금하다.

이번 번역에서도 인공지능이 큰 역할을 했다. 초고 작성에는 Claude 4.5와 Opus 4.1을, 교정에는 Opus 4.5를 주로 이용했다. 관련해서는 제목에 관한 내용만 언급한다.

독자로선 극의 제목이 주는 의미가 무엇인지와 이걸 극의 어느 부분에서 알게 될 것인지에 관심이 갈 수밖에 없다. 제1막은 오전 장면이다. 마그누스 왕은 궁에 찾아온 총리와 장관들로부터 거부권을 사용하지 말 것과 대국민 연설에 나서지 말라는 요구를 받았는데, 응하지 않으면 내각이 전원 사퇴하겠다는 최후통첩까지 받는다. 사실상 세 번째 막인 제2막은 오후 장면이다. 이들을 다시 만난 왕은 내각이 최후통첩을 거두지 않으면 퇴위하여 왕위를 아들에게 물려주겠다고 선언한다. 이에 대해 외무장관 니코바르는 "이렇게 사과수레를 뒤엎을 순 없습니다"라고 말한다. 내각이 어떻게 손 쓸 수도 없을 정도로, 왕이 정국을 흩트려서는 안 된다는 뜻이다. 이 대목을 인공지능은 "이렇게 판을 엎을 순 없습니다"로 의역했다. '사과수레'란 희곡에서 사과수레를 감춰선 안 된다는 점을 인공지능 이 인식하기를 기대하기는 아직 이른 모양이다.

희곡의 부제, 'A Political Extravaganza'의 번역어를 확정하는 일 도 고민거리였다. 이게 'A Political Satire'였으면 '정치풍자극'으로 옮기고 말았을 것이다. Extravaganza는 이탈리아어 'stravaganza(색 다른 것, 기묘함)'에서 유래한 단어이다. 원래 연극 장르로는 '자유 로운 형식과 구조'를 특징으로 하며 풍자와 패러디 요소를 담은 작 품을 의미한다고 한다. 쇼는 이 표현을 빌려 형식의 자유로움과, 내 용이 상상을 초월한다는 점을 강조하고 싶었을지 모른다. 작가는 분명히 당시의 풍조와 유행을 고려하여 단어를 선택했을 테니, 그 의도가 담긴 수식어를 찾아내야 했다. 그것도 두 자가 적당했다. 긴 논의를 이어 가다가, 기자와 작가가 산책 직후 나누었다는 대화를 인공지능에 제공하는 단계에 이르렀다. 그러고도 몇 번의 곡절을 더 거치고서야 Opus 4.1이 '파격' 두 자를 찾아 주었다. 옮긴이로선 작가가 Extravaganza에 대해 남겼다는 언급과 두 글자 사이의 관계 를 도무지 가늠할 수 없었지만, 이게 바로 그동안 찾아 헤매던 단어 라는 확신이 들었다. 정치풍자극이라면서 왕의 사생활을 담은 막간 극이라는 독특한 형식, 내각의 반발에 대한 왕의 기상천외한 해결책, 미국의 합병 제안 등 많은 면에서 관객들이 그동안 보아 온 연극과는 격을 달리하니 이 수식어가 제격이라는 판단이 생겼기 때문이다. 다만 답을 마음속에 정해 놓고 인공지능에게 강요한 건 아닌가 하고 착각할 정도로, 답에 이르는 과정이 모호하다는 느낌이 들었다. 또한 선택하는 데까지 시간이 걸리다 보니, 미국 원주민은 기우제를 비가 올 때까지 지낸다는 말이 떠오를 지경이었다. 인공지능을 제대로 활용하려면 정보의 진위를 감별할 지성에다가 기다리는 품성까지 갖추어야 한다는 점을 잊어선 안 되겠다.

이 희곡이 발표된 지 100년이 다 되어 간다. 그럼에도 민주주의에 대한 쇼의 진단은 여전히 유효해 보인다. 쇼 자신도 만년에 이르기까지 같은 생각을 품고 있었는지 궁금하다. 1943년 가을, 즉 2차 세계대전이 한창이던 때, 런던 쿠리어(Courier, London)에 실린 '다시 사과수레로(The Apple-Cart Again)'라는 인터뷰 기사가 눈에 들어온다. 존 린툴 헌트(John Rintoul Hunt)와 쇼가 주고받은 질문과 답을 들어 보자.

"세상은 지난 50년 동안 바뀌었습니다. 주로 선생님 희곡을 통해서 말입니다. 아마 50년 후면 우리 모두 아주 분별력 있는 쇼주의자가 되어 있을 것입니다. 역사란 위생 공학자나 생산 전문가의 5년 계획이 아니라 시인과 철학자의 50년 계획으로 만들어지는 게 사실 아닙니까?"

"시인들이 위생공학을 완전히 알고, 위생 공학자들이 시와 철학을 완전히 알기 전까지는, 둘 다 계획자로서 쓸모가 없을 겁니다. 무지한 사람에게 투표권을 주고 그것을 민주주의라고 부르는 우리의 현재 방식은 어떤 계획도 망칠 것입니다. 지혜와 지식과 실행력이 문명을 구할 수 있지요. 선거운동은 그저 문명을 망칠 뿐입니다.'"

'사과수레'에서 내비친 우려, 즉 무지한 대중에게 투표권만 주는 것으로는 민주주의가 제대로 작동하지 않는다는 생각을 쇼는 끝내 거두지 않았던 것이다.

몇 년 전 병원에 입원하여 며칠 동안 어떤 환우와 병실을 같이 쓴 일이 있다. 한번은 그가 휴게실에 다녀오더니 '그대는 왜 정치 이야기를 하지 않는가?' 하고 물었다. 갑작스러운 질문에 바로 답할 수가 없어서 질문의 취지를 되물을 수밖에 없었다. '요즘엔 사람들이 만나기만 하면 정치 이야기뿐이니 방금도 휴게실에서 한참 동안 듣다가 왔다'라고 했다. 낯이 익지 않은 상대로부터 생경한 질문을 받은 사람으로선 답변에 신중할 수밖에 없었다. 이윽고 나는 입을 뗐다. '이 지역의 내 또래가 가진 정치의식에 대해선 워낙 많이 들어서 지겨울 지경이다. 그런데 그들의 안목을 넓혀 줄 만한 식견을 갖지 못한 나로선 그들의 이야기에 보탤 것이 없다. 그러니 좁은 공간에서 함께 지낼 사람에게 지루하거나 거북할지 모르는 이야길 해서 난처하게 할 이유가 있겠는가? 그러나 그대가 하길 원한다면, 들어 줄 테니 해 보라'라고 답했다. 물론 두 사람이 관련 주제에 관해 이야기를 이어 갔지만, 상대가 내 대답을 경고로 받아들인 덕분인지 대화가 불편한 지경에 이르지는 않았다.

이 일화가 떠오른 것은, 번역하는 동안 쇼 선생의 정치 이야기를 반은 호기심으로 반은 어쩔 수 없이 듣게 되면서였다. 정치는 삶의 질을 결정하는 중요한 요소일 수밖에 없는 데에다가, 이웃과의 소통도 피할 수만은 없다. 하지만 이웃의 정치 이야기는 여전히 부담으로 다가온다. 이번 경험이 장차 이 부담감에 어떤 영향을 줄지 궁금하다.